K INK INK INK INK INK IN
INK INK INK INK INK INK
K INK INK INK INK INK IN
INK INK INK INK INK INK
K INK INK INK INK INK IN
INK INK INK INK INK INK
K INK INK INK INK INK IN
INK INK INK INK INK INK
K INK INK INK INK INK IN
INK INK INK INK INK INK
K INK INK INK INK INK IN
INK INK INK INK INK INK
K INK INK INK INK INK IN
INK INK INK INK INK INK
K INK INK INK INK INK IN
INK INK INK INK INK INK
K INK INK INK INK INK IN
INK INK INK INK INK INK
K INK INK INK INK INK IN
INK INK INK INK INK INK
K INK INK INK INK INK IN
INK INK INK INK INK INK
K INK INK INK INK INK IN
INK INK INK INK INK INK

INK INK INK INK INK
INK INK INK INK INK INK
INK INK INK INK INK
INK INK INK INK INK INK
INK INK INK INK INK
INK INK INK INK INK INK
INK INK INK INK INK
INK INK INK INK INK INK
INK INK INK INK INK
INK INK INK INK INK INK
INK INK INK INK INK
INK INK INK INK INK INK
INK INK INK INK INK
INK INK INK INK INK INK
INK INK INK INK INK
INK INK INK INK INK INK
INK INK INK INK INK
INK INK INK INK INK INK
INK INK INK INK INK
INK INK INK INK INK INK
INK INK INK INK INK
INK INK INK INK INK INK
INK INK INK INK INK
INK INK INK INK INK INK

中國歷代
05 爭議人物

四朝宰相 馮道

林永欽◎著

前言

「送春春去幾時回，臨晚境，傷流景，往事後期空記省。」這是很多人都曾有過的經驗；然而當年華逝去，往事眞的只能留待後期空記省嗎？倘若如此，倒不如像馮道般，在類似一種不信青春喚不回，不耐青史盡成灰的心情下，寫下自己的傳記——《長樂老自敘》——記錄自己不尋常的一生罷。

馮道生於唐末，歷經（後）梁、唐、晉、漢、周。他不尋常的一生，主要緣於他歷事「四姓十三君」；這對於中國「正女不從二夫，忠臣不事二君」的傳統觀念而言，不只是離經叛道，簡直就是駭人聽聞。

無怪乎在歐陽修《新五代史》法嚴詞約，多取春秋書法遺旨的道德史觀觀照之下，馮道不僅是「貳臣」，更是「姦臣」之最。歐陽修認爲「禮義廉恥，國之四維，四維不張，國乃滅亡」。禮義爲治人之大法，廉恥爲立人之大節；不廉則無所不取，不恥則無所不爲，人若如此，則禍亂敗亡將無所不至。況且馮道身爲大臣、儒者，倘若無所不取，無所不爲，那麼天下哪有不亂，國家又怎會不亡？因此之故，馮道由於虧失爲人臣子之大節，所以是不忠、不廉、不恥之人。歐陽修更以五代時的一篇小說（記載王凝之妻子李氏貞守婦節的故事），來說明何謂全節，並藉以暗諷馮道沒有臣節；言下之意，馮道甚至連一個婦人都不如。

歐陽修書法的微意，是使後人在讀史之際，能明辨善惡，切申勸戒；因此其中不僅含有濃厚的道德意識，也含有濃厚的垂訓教化的意義。自從歐陽修撰《新五代史》，以嚴格的標準，將馮道列入《雜傳》，並予以嚴厲的批判之後，馮道成爲貳臣、姦臣、亂臣的代名詞，而歐陽修的觀點更深深影響了後人；這可由《資治通鑑》、《續通鑑》批評觀念的架構完全脫自《新五代史》，以及連有關馮道一生言論行誼的背景概述文字，也全然一式援用歐陽修的馮道本傳，獲得證明。

馮道既身爲儒者，並且位高權重，本應身負領袖天下的重責大任，但馮道卻以其權位之便「迎降賣國，販易人主」，像馮道這樣視道德如草芥，目廉恥爲無物，而又濫於仕進的人物，眞不啻是五代期間道德淪喪的表徵。歐陽修對於馮道的評價，幾乎堪稱「定論」不疑。

以上大約是歷史評價馮道的反面意見；但是弔詭的是，歷代以來不少右讚馮道的看法，也不容忽視或抹殺。例如在《舊五代使》作者薛居正的筆下，馮道的私德，諸如：事親、恬淡、儉樸、廉潔、務實、寬恕、仁德、濟民等等，就具有相當的可觀性與尊崇性。就連把馮道批評得體無完膚的歐陽修，也不得不承認五代「當世之士無賢愚，皆仰道爲元老，而喜爲之稱譽」。此外，馮道以七十三歲高齡而卒，與孔子同壽，所以還有人將馮道比作孔子呢！

試想，以馮道這種朝秦暮楚之人，歷事四姓十三君，還能獲得當世的美譽，而被仰爲名臣、元老，甚至身後尚繫追恩，連外蕃契丹也敬信有加，足見馮道的名動殊俗，並非可輕易獲致的。

五代由於連年的動亂不安，人民生活其間，堪稱遭遇中國有史以來未有之慘境，社會因而有脱序的現象，因此五代的社會價值標準，也呈現出與歷代迥然不同的特殊面貌，尤其是五代君臣之義的淡薄。五代當時的君王、臣子、人民，都沒有「忠君」或「忠臣不事二君」的觀念。換言之，我們可以推見五代的仕宦者，朝秦暮楚之人，並非只有馮道，而是大多數人都是如此；因此在當時共有的仕宦標準之下，馮道歷事「四姓十三君」也就毫不足怪了。但五代之時，對人物品藻的標準是「私德」，倘若私行不修，則將爲人所不齒；而馮道正以私德甚著，爲人所敬重。例如：有一次契丹主耶律德光攻入中原，召馮道前來，問說：

「你看天下百姓，如何才能得救？」

馮道回答說：

「現在就算有一佛出世，恐怕也救不得百姓；祇有皇帝（指耶律德光）才能救得百姓呢！」

後來，人們都說契丹終於沒有夷滅中國，全靠馮道這一言之善；由此也可看出，馮道在五代民命倒懸之際，能以救時拯物爲念，德望爲遠近所傾服，固亦有由。

在大略粗解歷代對於馮道正、反兩面的評價之後，我們似乎碰到了品評人物時應當「眾好之，必察焉；眾惡之，必察焉」的兩難。而且我們不禁要問：

「馮道眞的就是這麼一個不知廉恥的人嗎？」

「歐陽修《新五代史》所給予馮道的評價，能不能算作『定論』呢？」

「馮道是不是眞的不配他同時代的人所曾給予他的尊敬呢？」

「和他同時代的人，是否眞像現在人們所理解的那樣尊敬他呢？」

或許，他只不過是中國歷史的一個小小環節——社會、政治和思想觀念巨變失序下的一個犧牲者呢！

多少君臣將相，在太平與戰亂、興盛與衰亡中創造歷史，留下不朽的功業和萬世的罵名。他們毀譽參半，褒貶不一，是可敬可愛，也是可憎可厭的爭議人物。

四朝宰相

馮道

目錄

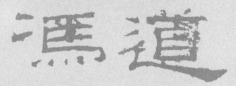

【上篇】

馮道傳

一、興廢風燈明滅裡

回首前塵

天運茫茫，世代的興亡本非人力所能完全掌握。以五代為例，短短五十三年的時間裡，就更替了後梁、後唐、後晉、後漢、後周五個朝代。下面的這一首詩，正足以說明這個黑暗、動搖的時代。詩曰：

龍虎爭戰幾春秋，五代梁唐晉漢周；
興廢風燈明滅裡，易君變國若傳郵。

儘管各個朝代的興替，猶如風燈一般，明滅不定；也儘管歷代君主的易位，好似驛站傳郵般地快捷，然而馬蹄揚塵之後，也總有塵埃落定的時候吧！

此時，正是後漢隱帝乾祐三年（九五〇年）四月。四月，本是爛漫的春天，恣意的春光應該予人生機與浪漫的聯想，然而對於苦難的時代，以及一個六十九歲的老人而言，他的心境卻不是如此。

這個老人，名叫馮道，在一年多以前，他奉朝廷之命外調；雖然離開了首都汴京（今河南開封），卻也使他有機會過著安逸恬適的生活。因爲在外朝不比在朝廷，沒有那麼多的公務需要處理、煩心。在這裡，他有自己的田莊、宅屋，還有汗牛充棟的書籍；而且這個時候他已經有兩個孩子可以克紹箕裘。在這個兵馬倥傯的時代，像他這樣的生活條件，可以算是相當好的了。馮道自己也覺得相當滿意。在閒暇無事的日子裡，他還是像年少的時候一樣，喜歡看書，偶爾也喜歡喝點酒、吟吟詩，日子過得甚是逍遙自在。

可是就在去年的春天，馮道的同鄉故友劉審交死了。馮道常站在庭院中，懷念著故友。看著檸檬般的月色爲恣意的春光鋪上一層昏黃、朦朧的色彩，他不禁想起自己生命裡的春天，不也朦朧而昏黃了嗎？而自己這雙昏花老邁的眼睛，究竟還能看見幾個春天呢？很顯然的，馮道友人的死亡使他感觸良深。他從友人的生平及其微小的成就，引而反省自己的一生，幾度思量之後，他踱回書房，命家裡的小童備酒、研墨、掌燭。趁著幾分酒意，馮道決定將自己不尋常的一生記錄下來。他寫下了自己的傳記

——《長樂老自敘》。

這一篇自敘眞是非常奇特的作品，就文體的形式而言，可以說是前所未有的，全篇只有一千三百一十四字，像是一篇自傳的綱要。

《長樂老自敘》雖然字數極少，但是對我們瞭解馮道，卻是相當重要的資料；然而自傳多多少少都帶有自我辯白的意味，所以要瞭解馮道，還必須借助其他的史料。

生逢亂世

馮道，字可道，瀛州景城人（今河北省）。他的《自敘》稱其世家宗族，本來住在始平、長樂二郡，算起來應該是貴族；又說他們家祖先歷代的名賓，都記載在國史家牒之中。照此看來，馮道很可能是北燕的建國者馮跋，或拓跋魏的外戚馮熙、馮子琮的後人。這個貴族家庭在唐朝初葉時，因爲家道中落，所以往東北遷徙到景城。

馮道的曾祖父叫馮湊，後來因爲馮道的關係，累贈至太傅，曾祖母崔氏，追封梁國太夫人；祖父名叫馮炯，累贈至太師，祖母是褚氏，追封吳國太夫人；父親是馮良建，以祕書少監致仕，累贈到尙書令，母親張氏，追封魏國太夫人。照此情形，馮道眞可說是「上顯祖宗，下光親戚」。不過這些都是馮道在後漢時（大約九四七～九五〇年）所受到的榮寵。馮道的近祖大概是以耕讀為生，「為農為儒」，又「不恆其業」，所以談不到什麼功名富貴。

我們雖然說馮道是五代人，但實際上馮道是生於唐末黃巢之亂時。

唐僖宗中和元年（八八一年）一月八日，這一天是值得大書特書的。早晨，唐朝第十八代皇帝僖宗，從長安西門的金光門狼狽而逃。就在這同時，叛軍首領黃巢，坐著裝飾黃金的豪華大轎，從長安東邊春明門率領大軍威風凜凜地進入長安城，這正是史書所寫「甲騎川流，輜重埋道，千里絡繹不絕」的一段史實。

黃巢是曹州冤句（今山東省菏澤縣）人，從小就喜歡文武兩道，不過在科舉考試時卻名落孫山。黃巢是個私梟，養有私兵作食鹽走私生意，因此跟各地的江湖英雄都有來往。唐僖宗乾符元年（八七四年）七月，黃巢就跟同是食鹽走私者的王仙芝共謀起事，而且很快就組成了一支擁有幾萬人的平民軍隊。可是王仙芝受朝廷爵祿的誘惑而想歸順，此事使黃巢大為憤怒，後來王仙芝被官軍打敗而遭斬首。

喪失首領的王仙芝部眾，都投奔到黃巢陣營。唐僖宗乾符五年（八七八年），黃巢自稱「衝天大將軍」，建元「王霸」。所謂「衝天」，就是推翻朝廷統治；所謂「王霸」，就是建立新王朝稱霸天下。

黃巢首先轉戰黃淮流域，其後又進出物產豐饒、官軍兵力薄弱的長江下游一帶，接著更進兵贛（今江西省）浙（今浙江省），越過仙霞嶺，開闢通往福建的七百里海路——這條路直到今天還有遺跡可尋。黃巢又從福建向廣州進擊，可見他的足跡除了四川以及馮道出生的故鄉——河北以外，幾乎踏遍了黃河、長江、珠江三大河流域。

不久黃巢就從廣西桂林揮兵北伐，企圖一舉推翻大唐王朝。這時他的總兵力已經高達六十多萬，所向無敵，各州縣望風而降。就連東都洛陽也不例外，當黃巢大軍一到，城內官兵都出城歡迎，使叛軍未流一滴血就順利進城。十多天以後，黃巢從洛陽揮兵西進，一夜之間攻下進入關中的大門潼關（今陝西省潼關縣），四天後開抵霸上（今長安東霸水畔），準備攻占唐朝首都長安。

黃巢叛亂的顛峰，就是攻占了唐朝的首都長安，這對於本已飄搖的唐室而言，無異是致命性的打擊。這是一次驚天動地的歷史大運動，也是一齣無法用筆墨形容的精彩好戲，黃巢雖然不是詩人，但是他的那首《不第後賦菊》詩，卻表現了他胸懷大志的豪放氣概，並且也描繪出當時長安的風貌，算得上是一首筆力雄渾的好詩：

待秋來到九月八，我花開後殺百花；

衝天香陣透長安，滿城盡帶黃金甲。

就在黃巢之亂達到顛峰的稍後，也就是唐僖宗中和二年（八八二年），馮道出生於瀛州的景城。關於馮道青少年時代的事蹟，我們所能夠知道的，非常有限；甚至他自己對青少年時代的事情，也很少提到，只曾經說他小時候，在一次混亂中與父母失散，所以不知道自己確實的出生日期。

馮道說這話時大約是在後晉少帝天福七年（九四二年），此時他已經六十歲了。因爲晉少帝才剛剛即位，就拜馮道爲上相（平章事），派遣中使就中書賜贈「生辰器幣」給馮道。但是馮道卻堅持不肯接受，他說：

「我馮道因爲幼屬離亂，父母早已喪亡，哪裡還記得生日是在什麼時候。」

其實，馮道的父親大約是在後唐莊宗同光元年末或二年初（九二三～九二四年）逝世的，那個時候馮道已四十一歲，早就已經不「年輕」了。

雖然馮道出生日期的確切眞相究竟如何，現在已經不可考了。不過我們知道的是，馮道少年的時候，就是一個孝子，以孝謹而知名於鄉里，他宅心純厚，勤奮好學而且頗有文采。雖然因爲家裡窮困，穿的是粗布衣裳，吃的是淡飯糲食，但是馮道卻從不以爲意。平日除了負米奉養雙親之外，閒暇時則不論是大雪擁戶的嚴寒時日，抑或是凝塵滿席的飛沙季節，都只見他安之若素的披誦書冊、吟諷詩歌。

初入官途

馮道出生在河北，二十五歲以前，他一直沒有離開過故鄉。河北位於中國的北方，而中國的北方向來就特別不安定，所以馮道的青少年時代，可以說是「多采多姿」的。就在馮道還不到十歲的時候，他居住的瀛州發生了兵變，郡守被殺；當時的縣令劉仁恭，招募了當地大約一千名的百姓，很快地將叛亂平定了。這位縣令劉仁恭，就是後來的盧龍節度使，也就是劉守光的父親。馮道的第一個官職，就是在劉守光的手下做一名參軍。

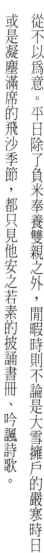

馮道的家族雖然從他曾祖父以下都沒有做過官，但是在瀛州景城縣中，仍然可以稱得上是望族。馮家和劉家算是世交，透過這層關係，所以馮道獲得了參軍這個小小職務。

劉仁恭當了盧龍節度使之後，治理幽州。幽州有大安山，四面懸絕，地理位置相當險要，可以說沒有什麼安全堪慮。但是劉仁恭驕侈成性，在山上建築宮室，備極華麗奢侈；有了宮室就想要女人，於是挑選良家婦女供他遊幸。或許人總是這樣的，有了榮華富貴以後就怕死。劉仁恭既有了豪華的宮室，又有衆多美女，他恐怕自己精力不繼，於是召集方術之士，共煉丹藥，希望能夠長生不老。如此，他仍嫌不足，還命令百姓繳出所得的制錢，窖藏在大安山中，民間的買賣交易，卻令用墐土代錢，弄得各處怨聲載道。

劉仁恭的第一愛妾，是羅氏女，長得杏臉桃腮，千嬌百媚。偏巧他的次子劉守光，暗中豔羨羅氏的姿色，百般勾搭，終於上手，竟然代父薦寢。只是紙哪裡可以包得住火呢？事情敗露，劉仁恭大怒之下，將劉守光鞭笞了百餘下，逐出幽州。

此時朱溫已經建立後梁。梁將李思安奉梁主之命，領兵前來攻打幽州；而劉仁恭在大安山的溫柔鄉中，還兀自淫樂晏如。劉守光被父親逐出幽州，懷恨在心，碰巧李思安來攻，於是引兵擊走李思安，隨即遣部將李小喜、元行欽等，襲入大安山，拘擄劉仁恭，囚於別室，自稱爲盧龍節度使。

不久劉守光僭位爲燕王，國號大燕，改元應天。而馮道的第一個官職，就是擔任燕王的參軍。劉守光既僭稱帝號，遂欲併吞鄰鎮，擬攻易、定兩州。馮道這時面諫守光說：

「此番攻打易、定兩州，危險重重，還望大王三思而行。」

馮道費盡了唇舌，意欲勸阻行軍，結果惹惱了這個年輕鹵莽的燕王，劉守光在盛怒之下，將馮道拘繫在獄中。因爲馮道素性平和、與人無爭，所以很得燕人的歡喜。燕人聽說馮道被拘下獄，都代爲求情，幸得釋免。

馮道被釋之後，臆料劉守光必遭敗亡，於是舉家潛遁，奔入晉陽（山西省太原縣），投入一個老宦官張承業手下擔任書記的職務。這時他已經二十九歲了。他擔任這職位共八年，工作並無特出之處，史書也未特予記載。由於他只是頗有文才，可能是張承業的祕書人員之一。雖然如此，但是張承業卻相當看重他的文章履行，所以待遇很不錯。

當時有一個名叫周玄豹的術士，相法非常高明，預言人事常常切中。周玄豹原是燕人，少年時候做過和尙，跟他的師父學了十年的相術，他師父圓寂之後，他回到故鄉並且還俗。有一天他的道士朋友盧程，偕同其他兩個道士，一同去拜訪周玄豹。他們離開後，周玄豹和別人說道：

「剛才那兩個盧程的道士朋友，等到明年春天花開的時候，都會成爲故人。但是盧程來年卻會飛黃騰達。」

第二年春天，那兩個人果然零落死去。周玄豹後來也到了太原，受到張承業的器重。一次張承業童心大發，要內衙指揮使李嗣源，也就是後來的唐明宗，更換了衛士的衣服站在下列，而叫衛士換穿李嗣源的衣服坐在首位，召見周玄豹來看相。周玄豹稍一端詳就說：

「內衙指揮使，可以算是尊貴的大將，這個人恐怕沒那個命足以做內衙指揮使。」

隨即指著站在下列穿衛士衣服的李嗣源說道：

「這個人骨法非同尋常，莫非這個人才是內衙指揮使？」

由此可見周玄豹的相術的確高明。周玄豹雖然善於鑑人，可是不知爲什麼卻與馮道不和。周玄豹並且跟張承業說：

「馮道這個人沒有什麼前程可言，勸您不可太過重用。」

另外一個書記官盧質，聽到周玄豹的話後，卻持不同的看法。他跟張承業說：

「我曾經看過杜黃裳司令的寫眞圖，馮道的狀貌和他很酷似，我想馮道將來一定會有大用。周玄豹的話不足爲信。」

無論如何，張承業很快地推薦馮道到霸府當職，不久又轉任河東節度使李存勗，也就是後來的唐莊宗手下擔任書記。當時莊宗併有河北，將繁忙異常的文書公務全部都委任馮道處理。

朱溫篡唐

後唐開國的皇帝，名叫李存勗，是河東節度使晉王李克用的兒子。李克用是沙陀族人，沙陀族原出於突厥別部，或即同羅、僕骨的後裔。沙陀族傳至酋長朱耶赤心時，以騎兵助唐滅龐勛，因功官拜代北行營節度使，賜名李國昌。李克用就是李國昌的兒子，驍勇善戰，生得一隻眼大一隻眼小，綽號「獨眼龍」。黃巢起事時，李克用是雁門節度使，以忻、代等州留後，率兵破黃巢，因功升為河東節度使，旋封晉王。他的養子很多，如李嗣源、李存信、李存進、李存賢、李存孝等，都很驍勇，而以李存孝爲最。史稱其「常將騎兵爲先鋒，所向無敵。身披重鎧，腰弓髀槊，獨舞鐵鎚陷陣，萬人辟易。每以二馬自隨，馬稍乏，就陣中易之，出入如飛」。

但李存孝後來因與李存信不睦，據邢州獨立。李克用在不得已的情況下，圍攻邢州，引李存孝出城將其斬之。臨刑前，李克用以爲諸將必請求免存孝一死，然後就可以將其釋免。誰知諸將嫉羨存孝的驍勇，竟無一人代爲求情，李克用下不了台，竟斬之。李存孝既死，克用惜其才，爲他不視事有十日之久。李存孝死後，克用兵勢漸弱，而朱溫之兵獨強。

李克用自從汴州被朱溫勸酒謀殺未成的事件——史稱「上源驛事件」——發生後，恨透朱溫，時時想消滅這個敵人。然而這個敵人不但未能消滅，而且日漸壯大，竟至掃清山東、河北，做起皇帝來了。上源驛原是古時的驛站，位於汴州（今開封市），驛內設有上等旅館供來往驛吏投宿。唐僖宗中和四年（八八四年）五月，就以上源驛爲舞台發生了一場打殺事件，這次事件竟成爲後來五代十國的催生劑。

獨眼龍李克用親率沙陀騎兵在封丘（今河南省北部）大勝黃巢軍，並乘此戰勝餘威連夜追擊黃巢殘部。然而幾天以後，李克用的兵糧用盡，只好暫時回到汴州補給裝備。當時在汴州有宣武節度使朱全忠（朱溫）鎮守，當黃巢軍全盛時代，他由於恐懼黃巢的攻打，就向李克用求援，並且以貴賓之禮在上源驛設宴招待李克用。因爲破黃巢軍而立有戰功的李克用，幾杯黃湯下肚就顯得傲慢無禮，因而使朱全忠大爲惱火。

彼時夜已深沈，李克用及其衛隊都已經喝得爛醉如泥，朱全忠趁隙帶兵衝進上源驛。爛醉如泥的李克用雖然不省人事，所幸他的衛隊有人保持清醒，當下就把他屋裡的燈吹滅，再把李克用藏在床下，然後用冷水噴臉讓他清醒，並告訴他發生緊急情況。緊接著驛站燒起大火，可巧這時下了一陣傾盆大雨，李克用才得以乘機逃回營地。但是李克用在上源驛的三百衛隊，卻被朱溫全部殺死。

自從「上源驛事件」發生後，晉王李克用和梁王朱溫就結下不共戴天之仇，兩人互相爭戰達三十年之久。

其實，李克用和朱溫在上源驛所發生的衝突，乃是當時歷史發展的必然結果。因爲黃巢攻陷長安時，正值統治階層內部鬥爭激烈之際，然基於大敵當前，不得不合力共抗叛軍。等到叛亂平定，分配戰果時，統治階層之間的傾軋就再度展開。當時在藩鎮割據的軍閥中，勢力最大的就是李克用，其次是朱溫。在唐帝國已是名存實亡的情況下，統治階層的政爭，就演變成李克用跟朱溫的權力鬥爭。

乾寧三年（八九六年），朱溫向唐昭宗推薦張濬，昭宗即欲任命張濬爲宰相。此時李克用卻寫了一篇奏章威脅昭宗道：

「假如陛下早晨命張濬爲宰相，我晚上就兵臨長安宮門。」

就屢遭兵禍的長安來說，李克用的話確實給長安市民帶來極大恐懼。因此唐昭宗就夾在兩大藩鎮勢力之間，對李克用和朱溫都不敢得罪，只得兩面討好勉強維持自己的生存。就連要任命張濬爲宰相一事，昭宗也是採取左右迎合的曖昧態度。

唐昭宗天復元年（九〇一年），朱溫攻打李克用的大本營晉陽（今山西省太原縣）。這時，李克用本想放棄晉陽北逃，所幸其妻劉氏堅決反對，才勉強穩住局面。其後朱溫的勢力愈發強大，就連唐昭宗也成為他的籠中鳥，打著「挾天子令諸侯」的錦旗，耀武揚威不可一世。那時在昭宗身邊的宦官和朝臣，由於長期政爭，幾乎都遭殺戮或投黃河而死。朱溫一直擔心住在長安的昭宗有被人劫持的危險，於是他就把昭宗硬性遷往洛陽，因為洛陽是他的勢力範圍。

當唐昭宗一行路過華州（今陝西華縣一帶）時，他目睹人民夾道歡呼「皇帝萬歲」，反而含著眼淚說：

「你們最好不要喊萬歲，因為我已經不是你們的君主，我今後究竟要被押往哪裡，連我自己也不知道。」

這是唐昭宗天復四年（九〇四年）四月的事，昭宗這次可憐的苦難之旅，已經顯示出李唐命數將盡。同年八月，唐昭宗在洛陽被殺，元凶朱溫卻扮演了一場「貓哭老鼠」的鬧劇，他跪在昭宗靈柩前放聲大哭。而後立年僅十三歲的李柷為傀儡皇帝，這就是唐朝最後一個皇帝——昭宣帝（哀帝）。哀帝天祐四年（九〇七年），朱溫迫使哀帝讓位，然後自己登上皇帝寶座，建國號為梁，以汴州為首都，改名開封，史書稱為「後梁」。

此後各地割據政權也都模仿朱溫自稱皇帝，而形成五代十國的亂局。

朱溫稱帝，對李克用來說，是很痛心的一件事。不過朱溫這個帝國的疆土，也著實有限得很，僅今日數省之大，且不完全。李克用在河東（今山西省）仍奉大唐的年號，而在後梁國周圍的一些軍閥們，見朱溫做皇帝，他們也先後稱王稱帝。如幽州（盧龍）節度使、燕王劉守光稱大燕皇帝；西川節度使、蜀王王建稱大蜀皇帝，接著所謂「十國」就紛紛建立起來了。

後唐滅梁

雖然在後梁時期各國紛立，但朱溫唯一的勁敵，仍然是李克用、李存勗父子。朱溫想撲滅李氏父子，亦如李氏父子想消滅朱溫，故朱溫稱帝後，集中力量對付河東，經略河北，對南方的湖南馬殷（楚）、浙江錢鏐（吳越）、福建王審知（閩）等等，都不惜假以王號，以示羈縻。

晉王李克用在朱溫稱帝後一年，因為軍務倥偬，憂勞交集，竟致疽發背中。在床上躺了數日，疽患更劇，群醫束手無策。李克用自知病將不起，乃命他的弟弟振武節度使李克寧、監軍張承業，以及大將李存璋、吳珙、掌書記吳質等，立他的長子晉州刺史李存勗爲嗣，李克用對他的弟弟李克寧等說：

「亞子（存勗的小名）這孩子志氣遠大，必能成吾事。你們善爲教導，這樣我死也無恨了。」

又召李存勗到臥榻前，叮嚀囑咐道：

「嗣昭現在正守潞州，已經陷入重圍，我恨不得能親去救援，但現在恐怕要與他永別了。我死後，喪葬事情一完畢，你速與大將周德威等竭力去救他，可千萬不要讓潞州陷沒了。」

話說至此，又令李存勗取過他平時佩帶的箭袋，拔出三支箭，分交給存勗，交付一支，就叮嚀數語。第一支箭是要他滅梁；第二支是要他掃燕；第三支則要他逐契丹。梁、晉是世讎，李克用不能滅梁，可以說是他一生中的大恨。燕則是指劉守光，因爲劉守光叛晉降梁，所以李克用也是必滅之而後快。契丹酋長耶律阿保機，曾經跟李克用義結金蘭，約爲兄弟，誰知朱溫建梁，阿保機卻跟梁通好，自食前言，所以李克用也引爲恨事。

李克用死後，李存勗繼承父志爲河東節度使，襲爵晉王。這個兒子果然不負父親期望，他繼承父位後，與後梁展開了生死爭奪戰。後梁乾化元年（九一一年），梁晉大戰於高邑（今河北省高邑縣），晉軍大敗梁軍主力，使晉在軍事上轉劣勢爲優勢。

第二年，朱溫率五十萬大軍北上，再度跟晉軍交鋒。前年大敗而被嚇破膽的梁軍，一聽說晉軍來襲就狼狽奔逃，使梁軍又吃了一次大敗仗。事後才知道，當初梁軍所看到的晉軍，根本不是晉軍的主力，只不過是幾百個人的巡邏兵。朱溫爲此懊惱得直跺腳，不得已只好退到洛陽，憂憤之餘病倒在床，他一邊流淚一邊對近臣說：

「生子當如李亞子，李克用死也應當瞑目了。至於我那些兒子，簡直是一群豬狗。

「我經營天下三十餘年，沒有想到太原餘孽（指李存勗）竟猖狂如此，我看他志氣不小，而我的兒子們又沒有一個能抗拒李存勗，我可能不久人世，到那時眞將死無葬身之地了。」

乾化二年（九一二年），朱溫被他的兒子朱友珪殺死，接著朱友貞又逼死朱友珪。朱友貞和李存勗連年戰爭，當李存勗消滅了大燕皇帝劉守光、劉仁恭父子後，又因後梁分魏博鎭爲二，引起魏博兵變，魏州將領投降晉王李存勗，從此幽州、魏州之地，盡入晉軍之手。後梁皇帝朱友貞失去了河北，使晉王李存勗的力量愈益壯大，梁軍在戰場上，就更處於下風了。

當時蜀主、吳主屢勸晉王李存勗稱帝，諸將復堅請。又有魏州僧人傳眞的師父，曾得黃巢破長安時所得大唐傳國之寶（玉璽），藏了四十年，傳眞和尙以爲是尋常之玉，拿出來賣，識者謂：

「這乃是傳國之寶。」

傳眞就將玉璽獻給晉王李存勗，諸將也競相稱賀。不久，晉王李存勗就在魏州（河北省大名縣）牙城之南築壇，祭告上蒼，即皇帝位。

因爲李存勗姓李，而且當年老王李克用因朱溫做皇帝而對李存勗說過：

「昔日天子曾經臨幸石門，我發兵誅討賊臣，當時的情況眞足以威震天下，我若挾天子，據關中，自作九錫禪文當起皇帝，恐怕也沒有誰能阻止得了我，祇是我們家世代忠孝立功，稱皇稱帝的事是抵死也不能去做的。待他日，如果有能力，應該以興復唐室社稷爲念，可千萬不要仿效朱溫這廝的做法。」

由此可見李克用沒有稱帝的野心，而且還諄諄告誡李存勗應該以興復唐室社稷爲念。所以李存勗雖然稱帝，但是建國的國號仍稱大唐，史稱後唐。最初仍然建都在後梁的首都開封，後來遷到洛陽。李存勗也就是五代的第二代後唐莊宗。當時以魏州爲興唐府，稱爲東京；以太原府稱西京；又以鎭州爲眞定府（河北省正定縣），稱北都。

這時後唐所有的土地，是十三節度使，五十州。然而後梁猶在河南未滅。後唐莊宗既建國稱帝，就必須積極撲滅後梁皇朝。當時派李嗣源攻拔鄆州（山東省鄆城縣），後梁朱友貞聞報大懼，老臣敬翔知道梁室已經危亡，以繩納入靴中，去見末帝說：

「先帝（朱溫）攻取天下時，不以臣爲不肖，臣的計謀先帝無所不用。現在敵勢愈益強大，但是陛下您卻棄忽臣言，臣既毫無用處，不如一死。」

說完就從靴中揪出預藏的繩子作自經狀，末帝（朱友貞）趕忙阻止，問他有何救國之策。敬翔說：

「現在事情緊急，非用王彥章爲大將不可了。」

末帝聽從他的計謀，以王彥章爲北面招討使，段凝爲副招討使。末帝問王彥章破敵需要多少日期。王彥章回答說：

「三天。」

左右以爲王彥章說說而已，不禁大笑。但是王彥章率軍兩天兩夜到了滑州（河南省滑縣），表面上是置酒高會，暗地裡卻率引精兵數千，沿著黃河南岸，直襲唐軍（即晉軍）大營，破德勝城，克潘張、麻家口、景店諸寨，唐軍幾乎損失大半，而爲期恰巧僅僅三日而已。

以後王彥章攻城掠地，一日之間百餘戰，攻楊柳城，百道俱進，晝夜不息，使得唐莊宗不得不親自率兵來救。這個王彥章，綽號「王鐵槍」，是五代時期的一員猛將，與李存孝、周德威齊名（周德威是晉軍大將，李存勗爲晉王時，破幽州，滅劉仁恭、劉守光父子後，就以周德威爲盧龍節度使鎮守幽州。後來在胡柳陂戰役中，晉王李存勗因爲輕敵陷陣，德威勸晉王不可深入敵境，應該以騎兵擾之，待其疲乏，就一舉可滅。無奈晉王不聽，突入敵陣後，被梁軍包圍，幾番衝蕩擊斬，往返數十里，仍然不能出圍。晉軍本身也自相驚擾，互爲踐踏。晉王李存勗幸得李嗣源的兒子李從珂與銀槍大將王建及相救，才得以出圍。但是周德威父子卻都戰死。事後晉王哭著說道：「喪我良將，我之罪也」）。

王彥章素惡權臣趙、張（趙張是指趙巖、趙鵠、張希逸、張漢倫、張漢傑、張漢融等）亂政；這時他大破唐軍，立志要成功後回朝殺奸臣，以謝天下。但是事情卻被趙、張等所知，遂私相計議：

「我們寧可死在沙陀李存勗之手，也不能被王彥章所殺。」

王彥章的副帥段凝，也忌彥章之功，與趙張等內外勾結，奏報王彥章的戰功時，都將之記在自己的帳上。趙、張日夜在末帝朱友貞面前說王彥章的短處，末帝聽信讒言，調王彥章回朝，以段凝爲北面招討使，前線的戰事從此就不堪聞問了。

王彥章雖然被免北面招討使的職務，但末帝仍命他以偏將規復鄆州。與唐軍李嗣源、李從珂父子相遇，前鋒戰敗，退保中都。時莊宗親自指揮大兵直趨汴州、洛陽。他說：

「大丈夫成則爲王，敗則爲寇，設若此行不濟，當聚我家於魏宮，一火焚之。」

於是唐軍氣勢之壯，空前未有。過鄆州、踰汶水、追逐梁軍於中都，王彥章率數十騎出走，中途遇到唐將李紹奇，李紹奇認得是王鐵槍，挺槊刺之，王彥章措手不及，落馬被擒，押解回大帳。莊宗李存勗說：

「卿嘗說我爲小兒（王彥章曾對人說：李亞子鬥雞小兒而已，何足畏哉），現在你可服了吧！」

王彥章回答說：

「天命已去，夫復何言！」

莊宗李存勗惜才，想要王彥章投降，留爲己用。於是賜藥爲王彥章敷傷，並且再三令人致意，但王彥章乃是血性漢子，哪裡肯降。他說：

「我王彥章原不過是個匹夫，受梁主之恩，位置上將。與皇上（指李存勗）交戰十五年，現今兵敗力窮，死了也是應該的，縱使皇帝憐而生我，我又有何臉面去見天下人呢？更況且叫我朝爲梁將，暮爲唐臣，我也不願。」

但莊宗實在憐惜其才，而且見他一腔忠忱之心，仍然不肯殺他。於是領他一同出走，將近大梁（開封）時，又問王彥章：

「你看我此行，能夠克朱梁嗎？」

王彥章說：

「段凝有精兵六萬，在於河上，雖然他不是大將之才，但也未必會倒戈降你，你此行恐難成功。」

莊宗聽了他的話，知道他是萬萬不肯屈從的了，終於下令將他殺了。

後梁末帝朱友貞聞唐軍來攻，聚集群臣共商大計，但卻沒有一人發言。老臣敬翔流著淚說：

「臣受先帝的厚恩，殆將三紀（一紀十二年，共三十六年），名爲宰相，其實是朱家老奴，臣事陛下如郎君，先後獻言，也無非是爲了盡忠。陛下初用段凝，臣就極言不可，這都是小人朋比爲奸，才招致今天這樣的局面。現在唐軍即將攻來，段凝遠在水北，不能馳救。臣想要請陛下出居避狄，陛下必定不肯聽從；臣也曾想要陛下出奇制勝和唐軍決一死戰，陛下必定不夠果決。如此雖有張良、陳平再世，誰又能爲陛下策畫計謀呢！臣願意先受陛下賜死，也不忍見宗廟之亡。」

果然如敬翔所言，朱友貞是既不能令、又不受命的一個末代皇帝。他的臣下，這時藏的藏、躲的躲，末帝卻成天以淚洗面，哭到唐軍到達開封城外，他和他的哥哥朱友珪的下場一樣，命控鶴都指揮使皇甫麟殺了自己，皇甫麟也自殺。末帝朱友貞在位十一年，朱友珪在位八個月，太祖朱溫在位六年，後梁歷三個皇帝，享國十六年（九〇七～九二三年），後梁亡。

二、含光混世貴無名

德聞天下

當莊宗李存勗還是河東節度使，而與梁軍隔黃河對壘作殊死戰的時候，因為所需人才孔急，所以各方能人異士多投奔到李存勗處。有一天，教練使郭崇韜認為各軍隊中，尸位素餐的人很多，而向李存勗諫議裁減一些冗官濫吏。李存勗勃然大怒說：

「難道我為那些替我效命的人設食，供給他們衣著的自由都沒有嗎？既然如此，河北有三鎮，我看令三軍另選一帥，我回去太原讓賢算了。」

此時馮道掌管書記職務，李存勗叫馮道草擬一份文書，將剛才的大意告示眾將士。但是馮道卻久久持筆不動；李存勗正色催促他趕快動筆；這時馮道站起來，不疾不徐地說：

「馮道職掌書記筆硯，怎敢怠忽職責所司？只是今天大王屢集大功，才平南寇，而教練使郭崇韜所言，並無過當之處，倘若駁下文書，必定會使群議沸騰。這件事要是讓敵人知道了，必以爲大王這邊君臣不和。還望大王熟慮三思，如此，就是天下的大幸了。」

就這樣，李存勗怒氣頓消。過了不久，郭崇韜謝謝馮道替他解圍。此事過後，那些大臣同事們才發現馮道是一個有膽量、敢說話的人，而更加看重馮道。

馮道之所以替郭崇韜解圍，不僅因爲他有膽量、敢發言，也因爲他深知在李存勗軍中確有許多尸位素餐的人，他自奉儉樸的個性對此自是不以爲然。馮道平日的生活非常儉約，在軍中時，居住的地方只是一個茅庵，而且不設床席，僅在地上鋪一層乾草；而所得的俸祿，都與僮僕小廝一起享用，就連飲食、器皿也和僮僕小廝沒有差別。有時候將士們把擄掠到的美女送給馮道，馮道不好當面拒絕，乃將她們藏在別室中，暗地裡卻去尋訪那些女人的家屬，然後將她們遣送回家。

因爲馮道的私行很好，又有文采，所以當莊宗李存勗建唐，在鄴宮（今河南省）即位後，馮道就被任命爲翰林學士。等到朱梁被滅，又官遷中書舍人、戶部侍郎，此時馮道四十一歲。這一年，由於父親逝世，他離開了省都洛陽，回到故鄉瀛州景城奔喪。馮道初聞父親死訊時，竟連鞋子也沒來得及穿，就光著腳連夜趕往景城，他的家人只好從後面背著衣囊追趕。由此可見馮道自小以孝謹知名，是名實相副的。

馮道回到故鄉景城後，辭去了翰林學士的官職。在居喪期間，景城正好遇上饑荒；地方官吏知道他是翰林學士返鄉，有時會送些粟米布帛過來，但馮道都不肯接受，反而把他自己的積蓄全部拿出來賑濟鄉民。馮道自己所住的房子僅是茅茨土屋，他並且親自下田耕作。如果知道有人田地荒廢，或是沒有能力耕種，馮道往往會在夜間偷偷跑去幫他們耕種，而那些人只有慚愧地來向他道謝，馮道卻不以德自居。

從這些事情，都可以看出馮道的仁德。無怪乎當時勢力正盛的契丹，聽說馮道的盛名，也想將馮道擄去做官。幸好當時的邊防兵力很嚴，馮道才能獲免。

服喪三年期滿後，莊宗李存勗又命孔循召馮道為翰林學士。馮道一行人來到汴州，恰巧遇到趙在禮叛變，犯兵京師。孔循勸馮道稍作停留，等亂平再往京師不遲，馮道回答說：

「我奉詔往京師，怎可自作逗留！」

於是急忙趕往京師洛陽，向莊宗覆命。

昏君酷吏

後唐莊宗李存勗以沙陀族統御中原，為華夏之主，他的政權對平民的剝削，較之後梁更進一步，人民的生命財產完全沒有保障。而莊宗又是一個貪於逸樂的人，幼年就善解音律，伶人多有寵，長侍左右，他自己不但是個欣賞者，甚且還粉墨登場，自取藝名，叫做「李天下」。此外，他立魏國夫人劉氏爲皇后，劉后出身微賤，做了皇后，便蓄財營商，連生果、菜蔬，都命人販賣。因而招權納賄，四方的貢獻都要分成兩份，一份給皇帝，一份給皇后。

由於李存勗只是一位驍勇善戰的武夫，對政治統御完全外行。一即位就重用孔謙爲租庸吏（財政大臣），而孔謙正是以擅長榨取民膏而聞名的人。他上任的第一把火，就是把已經取消的稅金，重新再向人民全額徵收，一文錢也不許人民滯納。

接著孔謙又在全國各地的交通要道設關卡，凡是通過關卡的車馬行人一律繳交稅金。孔謙又製造「浮穀測量器」，用來測量土地徵收稅金。就因爲孔謙這樣殘酷的榨取，使得生靈塗炭，民怨四起。當時到處都有飢民，哭泣之聲，驚聞天地。可是李存勗仍然很重用孔謙，並賜號「豐財贍國功臣」。

五代各小王朝酷苛的租稅制度，幾乎都是襲用孔謙和李存勗所行的稅制而略加修改。李存勗稅制的特徵之一就是附加稅多，例如人民食用要抽「鹽稅」，造酒要抽「麴稅」，養蠶要抽「蠶稅」等等；總之不論什麼都要抽稅，連農民使用的農具也要納稅，名爲「農器錢」，另外還有一種更可笑的附加稅，叫做「雀鼠耗」。因爲人民所繳納的生絲和糧食等放在倉庫中，難免要遭受鳥雀和老鼠的損耗，於是政府就計算這些損耗，然後當作附加稅向人民徵收。生絲、棉布、絲絹、麻布等每十兩附加半兩，糧食每一石附加二斗，並且這兩成附加稅取名「雀鼠耗」。直到今天，北方人還把老鼠叫做「耗子」，據說就是從「雀鼠耗」三個字而來。

孔謙爲了要滿足皇帝的享樂，徵借民間的財富無孔不入，弄得民不聊生，較之後梁租庸使趙巖的舉貸誅斂，結怨於民的惡劣作風，更有過之而無不及。而莊宗爲了充實後廷，採擇民間女子三千人，甚至遠至幽州、太原，乘以牛車，累累載道。他不耐暑天的炎熱，在禁中高處，建一座大樓納涼，日役萬人，耗資鉅萬。皇帝雖然如此闊綽，但老百姓過的日子，卻是「四方饑饉，軍士匱乏，有賣兒貼婦者，道路怨咨」。不僅完糧納稅的老百姓窮困窘迫，賣兒鬻婦，連替莊宗打天下的國家軍隊，也飽受飢餓。

當時曾受馮道解圍之恩的郭崇韜，稟性鯁直，因爲素惡莊宗左右的宦官，而遭宦官日夕在莊宗面前進讒，終被排擠出做東北面行營都招討制置等使，爲西川四面行營都統、魏王李繼岌的副帥，征伐前蜀。前蜀滅亡後，郭崇韜又被誣有異圖，欲據蜀造反，莊宗遂命魏王李繼岌撾殺之，郭崇韜的兒子也被殺；且義成節度使朱友謙亦受到牽連，全家被殺。甚至成德節度使兼中書李嗣源也險些遭殃，幸得宣徽使李紹宏營救得免。當時魏博兵當代而不得代（即兵役期滿，仍不放回鄉里），魏博指揮使楊仁晸的部兵皇甫暉，聞訛言謂劉皇后殺莊宗，京都已亂，遂劫持楊仁晸發動兵變。皇甫暉對楊仁晸說：

「主上所以有天下者，是我魏軍之力。魏軍甲不去體、馬不解鞍者已有十餘年，現在天下已定，天子不僅不念舊勞，反而更加猜忌，遠戍踰年，方喜代歸，去家咫尺，不使相見。今聞皇后弒逆，京師已亂，將士願與公俱歸。」

楊仁晸不從，皇甫暉就將他殺了。效節節度使趙在禮聞變，衣不及帶，踰垣而走，被皇甫暉發覺，拖著他兩足，拉下牆來，以楊仁晸的首級示之，逼他順從兵變。趙在禮怕死，就答應了他。魏兵遂奉趙在禮爲首，在鄴都（即魏州興唐府，今河北省大名縣）舉兵稱叛。

趙在禮叛變，莊宗初派歸德節度使李紹榮招撫叛軍，由於處理不當，未能成功。莊宗下令，破城之日，勿遺噍類（活口）。於是鄴都叛兵堅守，屢攻不下。莊宗本擬御駕親征，宰相、樞密使等都勸莊宗說，京師乃是根本重地，車駕不可輕動，於是就派李嗣源領兵討之。誰知李嗣源兵到鄴都，部下軍士張破敗作亂，全軍大躁，殺都將的殺都將，焚營舍的焚營舍，直逼中軍。李嗣源問亂兵意欲何爲，亂兵說：

「主上不赦魏博兵，破鄴都之日，要全數坑殺，我們若不將他們討平，又要殺我們，所以我們寧願跟魏博兵合作，擁護您在河北稱帝。」

李嗣源感動涕泣地試著說服他們，他們仍然不肯聽從。亂兵且以白刃架在李嗣源脖子上，擁著李嗣源進入鄴都。李紹榮報告莊宗，說李嗣源叛變，已經與賊兵合流。李嗣源雖然想逃出鄴都，向莊宗自辯，但是他的女婿石敬瑭說：

「凡事總是成於果決而敗於猶豫，況且也從未聽說上將與叛兵一起進入賊城，而他日還能安保無恙的。大梁（開封）爲天下的要衝，我願意率領三百名騎兵前去攻打，如果幸運攻下，您就趕快引領大軍前來，這樣您也才能自全。」

於是石敬瑭爲前騎，李從珂殿後，遣使召遠近諸節度使，直接進兵大梁。

這邊莊宗自己率兵從洛陽出發，迎擊李嗣源，到滎澤之東時，李嗣源早已攻下大梁。莊宗左右聞警俱皆叛離，莊宗不得已，還師洛陽。此時莊宗的從馬直指揮使郭從謙也叛變，焚興教門，緣城而入。莊宗的近臣、宿將，皆換了衣服逃走，連劉皇后也逃之夭夭。莊宗在叛軍中被流矢所中，旋即身亡。

可憐馮道剛服滿三年的父喪，苦巴巴地星夜趕回洛陽覆命，卻連莊宗的面也沒見著。

莊宗死後，李嗣源進入洛陽，初稱監國，他的第一項措施就是處死殘害百姓惡名昭彰的孔謙，一律廢除由孔謙所訂的殘酷稅法，不久李嗣源就在莊宗柩前即皇帝位。李嗣源就是後唐明宗，改莊宗同光四年為天成元年（九二六年）。

上下傾服

後唐明宗李嗣源，原名邈佶烈，是李克用的養子，他沒有讀過書，不認識字，但他比李存勗這個愛好音律文藝的皇帝實際得多，懂得先使老百姓能活得下去，而後皇朝才能鞏固。所以登基後，盡除那些殘民的苛斂之法，回復後梁的賦稅制度，殺了一些貪官污吏，讓久受壓榨的廣大民眾得以喘息。

當時樞密使安重誨專權，與宰相任圜不睦，任圜憂國如家，簡拔賢才，杜絕僥倖，一年之間使得府庫充實，軍民足用，朝綱整肅。因而引起了安重誨妒忌，而在明宗面前傾力攻擊他。卒使明宗罷免任圜，不久又將其賜死於自己家裡，從此朝政幾乎全歸安重誨一手包辦。

明宗李嗣源因爲不識字，遇有四方奏事，他都令安重誨在一旁侍讀，但是安重誨也只是粗曉文墨，對於那些繁雜的奏章很感頭痛。於是他奏請明宗選用文士，以供應對之用。明宗這時很快想起了馮道，於是問安重誨說：

「先帝時馮道郎中何在？」

安重誨回答：

「近除翰林學士。」

明宗說：

「馮道這人朕素諳悉，是個好宰相。」

旋即命翰林學士馮道，充端明殿學士。其實體制中本無端明學士之職，自馮道才開始創設。不久，又遷馮道爲中書侍郎、刑部尙書平章事。

由於馮道自己是苦讀出身，所以對於那些具有文才抱負而又勤奮好學的孤寒士子，只要能力所及，必極力拔擢。相反的，對那些猶留唐末奢侈衣冠、履行浮躁之人，必定竭力抑制。例如：有一天早朝退班之後，工部侍郎任贊看見馮道去了又回，於是問他的同道劉岳說：

「你知道我們的新丞相（指馮道）爲什麼去而復返嗎？」

劉岳回答說：

「一定是忘了《兔園冊》所以又回來拿。」

「兔園冊」是唐朝人仿徐、庾（徐陵、庾信）四六文體所作，並非鄙樸之談，北方村野多用它來教導童蒙。但因爲是鄉校俚儒教田夫牧子所誦的書籍，所以北方村墅的人家，幾乎家家都有一本，人們都不太看重這本書，任贊這句話擺明了是譏諷馮道的學識。

朝中有一個馮道的同鄉把這件事告訴馮道。馮道聽了以後，召任贊來說：

「《兔園冊》是仿應科目策，自設問對，並且引經史爲訓，都是名儒所集，我馮道能夠背誦如流。反觀那些朝中士子，只看一些文場秀句，便能舉業，如此竊取公卿的名言，跟我讀《兔園冊》比較起來，又高明到哪裡去呢？」

任贊聽了這一席話，羞慚不已。

當時受過馮道指正的不止一人，曾做過後梁宰相的李琪也受過教訓。李琪常常以爲自己的文章都是錦文繡句，有一次他寫了一篇〈賀平中山王都表〉的賀詞獻給明宗，其中有一句「復眞定之逆城」。馮道看過那篇賀詞後，責讓李琪道：

「昨天收復的是定州，不是眞定城。」

李琪不識地理，經過馮道的指正，頓然爲之心折。

長興元年（九三〇年）四月戊午這一天，明宗李嗣源在文明殿受冊徽號，此冊內容略之如下：

……伏惟皇帝陛下，天授一德，時歷多艱。翊太祖以興邦，佐先皇而定難，拯嗣昭於潞困，救德威於燕尾，遏思遠而全鄴都，誅彥章而下梁苑。成再造之業，由四征之功。洎纂鴻圖，每敷皇化。去內庫而省庖膳，出宮人而滅伶官，輕寶玉之珍，卻鷹鸇之貢。淳風既洽，嘉瑞自臻。故登極之前，人皆不足；改元之後，時便有年。遐荒旋斃於戎王，重譯徑來於蠻子，東巡而守殷殪，北討而王都殲，破契丹而燕、趙無虞，控靈武而瓜、沙並復。

近以饗上元而薦太廟，就吉土而配昊天，輅已降而雨霑，事欲行而月見。燔柴禮畢，作解恩覃，帝命咸均，人情普悅。非陛下有道有德，至聖至明，動不疑人，靜惟恭己。常敦孝禮，每納忠言，則何以臨御五年，澄清四海！時久纏於災害，民驟見於和平。休徵備載於簡編，徽號過持於謙讓。三年不允，眾志皆堅。天不以上帝自崇，日不以大明自貴，於烝民有惠，於元后同符，列聖皆然，舊章斯在。今以明庭百辟，列土諸侯，中外同辭，再三瀝懇。臣等不勝大願，謹奉玉冊，上號曰聖明神武文德恭孝皇帝。

明宗朝，百官上明宗徽號凡三章，都是出於馮道的手筆。以上所舉就是其中的一章，可以看出馮道的文筆渾然天成，不是一般流俗的文章所可比擬。

自此以後，全朝的文武官員莫不佩服馮道的文才。馮道文章尤其長於篇詠，文思典麗之外，還義含古道，常被遠近士子傳寫。由是舉朝官員漸畏其高深，班然肅行，毫無澆漓浮華之態。

接著馮道又改門下侍郎、戶部吏部尚書、集賢殿弘文館大學士，加尚書左僕射，封始平郡公。有一天馮道有事進謁明宗李嗣源，奏畢事情退出去後，明宗跟身旁的侍臣談起馮道：

「馮道生性眞是純樸儉約，以前在德勝寨（山西省）的時候，住一間茅庵，跟僮僕同器飲食，睡在鋪著乾草的地上，他也顯得泰然自若。當他父親過世，還鄉景城的時候，他還親自耕作樵採，跟那些農夫雜處，絲毫沒有顯露豪貴氣息，馮道實在是一個眞正的士大夫！」

由此可見上至皇帝，中及文武百官，下至鄉野匹夫，沒有一個不佩服馮道的。他們對馮道可以說是既畏且敬。

屢上建言

後唐明宗天成、長興年間（大約九二六～九三三年），連年豐收，朝廷無事。可以算是五代時期僅有的小康。這是因爲明宗李嗣源即位以後，勵精圖治，不事畋遊，不貪貨利，不任宦官，不喜兵革，一心志在與民休息，共享太平，所以四方無事，百穀用成，後代史家對當時不無溢美之詞。馮道當時身爲宰相，也有許多對明宗的頌德詞章，然而馮道並不是一味地瞎吹亂捧，粉飾太平，其中還蘊含了希望明宗守成戒懼、居安思危的深意。

天成二年（九二七年）十二月，明宗延宰臣於玄德殿，馮道奏說：「先皇帝（指莊宗）末年，不撫軍民、惑於聲樂，遂致人怨國亂，幾墜丕構。陛下自膺人望，歲時豐稔，亦淳化所致也，更願居安思危，保守今日。」

明宗深以爲然。

天成四年（九二九年）五月，明宗問宰臣：

「現在時事如何？」

馮道回答說：

「穀物常熟，人民安樂。」

明宗又問：

「除此以外還有什麼？」

馮道答：

「陛下淳德，上合天心。臣曾聽說堯舜之君是人所共慕，紂桀之主則人皆厭惡；這是因爲前者有道而後者無道。現今陛下恭修儉德，留心治道，人民又沒有徭役，所以互相與言說：堯舜之時也不過像現在這樣民豐物阜人民安樂吧！據臣知道，貞觀十年以後，魏徵等奏告太宗：『願陛下當如貞觀之初』。所以爲臣現在也希望陛下能夠常思即位之初，如此則天下大幸。」

接著馮道又舉了一個自己的親身實例，勸諫明宗爲政應當如臨深淵、如履薄冰、戒慎恐懼。他說：

「陛下以至德承天，天也以有年表瑞；如此陛下就更應日慎一日，以上答天心。臣一直記得在先皇霸府的時候，有一次奉使到中山，途中必須經過井陘之險，一路上我擔心馬會失蹄跌倒，一直牢持馬轡不敢稍有疏忽；到了平地時，以爲可以放心，於是放轡自逸，竟因此摔下馬背，差點受傷。可見臨危未必果危，居安未必果安，行路尚且如此，何況治國平天下呢！爲臣所舉雖只是個小小例子，但卻可以小喻大。還希望陛下不要以爲百姓家給人足，就可以安逸享樂，兢兢業業才是爲臣的願望！」

他日明宗在中興殿與馮道討論時政之中何者爲最切要，馮道對曰：「天子應該以愛惜生靈爲切。現今天下雖熟，但是百姓不一定就能得濟，凶年患餓斃，豐年傷穀賤；穀貴餓農，穀賤傷農，乃是很淺顯的道理。臣曾記得近代有一個舉子聶夷中作了一首《傷田家詩》：『二月賣新絲，五月糶秋穀，醫得眼下瘡，剜卻心頭肉。我願君王心，化作光明燭，不照綺羅筵，遍照逃亡屋。』聶夷中的這首《傷田家詩》，語雖鄙俚，卻曲盡了農家的情狀。農民在四民之中最爲勤苦，人主不可不知。」

明宗李嗣源大字不識得幾個，卻能上體天心，對於詩中的況味頗能領略幾分，認爲「此詩甚好」，顧命左右抄錄聶夷中詩，時常諷誦，幾奉爲座右銘。足見馮道的言論，不但簡明雅正，善於裨益，也非常人所能企及。

還有一次水運軍在臨河縣得到一只玉杯，上面鏤有「傳國萬歲盃」的紋繪字樣，明宗看到後非常喜愛，向馮道誇示。馮道說：

「這只不過是個前世有形的寶物罷了！王者更還有無形的寶物呢！」

明宗問馮道什麼是「無形之寶」，馮道說：

「仁義呀！仁義就是帝王之寶。所以古人說：『大寶曰位，何以守位曰仁。』」

可憐明宗不過是一介武夫，馮道咬文嚼字他不懂，可又不好意思再追問，等馮道離開，他召侍臣解說其義，聽完以後，不禁又一次深深嘉納馮道的讜言。

雖然明宗是個出自邊地、並老於戰陣的武夫，但是天性純厚仁慈，且即位時已經六十多歲了，他自知在世的日子必然不會太久，故每夜在宮中沐手焚香；焚香不是祈求自己長命永歲，而是爲天下蒼生禱祝：

「我本胡人，祇因天下擾亂被衆人推戴，事非得已；我雖權居此位，自慚不德，又未足安民，願上天早生聖人，賜與百姓爲主，使我能夠早卸肩擔，則是四海之福。」

後來統一海內的宋太祖趙匡胤，就是後唐明宗天成二年，降生在洛陽的夾馬營內。相傳這都是因爲明宗李嗣源的一片誠心，感動了上蒼，才生下這個眞命天子拯救蒼生呢！

這個傳說眞相究竟如何，誰也不知道；不過後唐明宗天成、長興年間，連年豐登、四方無事倒是眞的。無怪乎講到五代的時候，都會提到天成、長興這段小康時期。衣食足而後才會想到知書識禮。馮道在明宗朝是中書的首相，他有感於諸經舛謬不堪，於是和同是宰相的李愚委任學官田敏等校定「九經」，取西京鄭覃所刊的石經作爲版本，雕刻爲印版，使經書流布天下。此事影響後世學術很大，而主其事的馮道，厥功甚偉。

馮道和李愚二人皆好古，且重視經學，一日在中書閒談及此，後乃向明宗提出建議：

「臣聞漢朝時候崇儒有三字石經，唐朝也在國子監刊刻，現在朝廷四野無事；臣等曾見吳、蜀之人賣印雕版文字的諸多書籍，但終不及九經經典。倘若九經能夠校定版本雕摹流行，必能深益於文明教化。」

這個建議是在後唐明宗長興三年（九三二年）二月提出，其後在後晉、後漢、後周，馮道一直主持著這項鉅大的工作，直到版成獻上，已經是後周太祖廣順三年（九五三年）的六月了。前後歷時二十二年之久。

雕本印刷是先雕版而後才能付印，這項發明肇始於唐，而擴大於五代，並且精於宋人。現在我們還能見到宋代的刻本，至於五代刻本，則已罕見；今所熟知者有巴黎圖書館藏鳴沙山石室之《唐韻》及《切韻》二書，另有吳越王錢弘俶所印《一切如來祕密全身舍利寶篋印陀羅尼經》。五代這次由馮道主持的雕刻九經印版，可以說深具時代意義。不僅是中國官方首次大規模的雕版印刷經書，而且流布面廣大，宋朝採爲監本，影響宋明學術很大，在中國文化史上，馮道印經具有一定的地位。後人把雕版監本經書加美馮道，實未爲過譽。

勸進潞王

明宗即位以來，馮道就一直佐相明宗，凡七年有餘（明宗在位八年）。明宗初即位時，莊宗的宰相豆盧革、韋說，被諫議大夫蕭希甫所劾，說他不忠故主，兩人一併罷職，朝政悉令任圜主持。樞密使孔循薦引梁臣鄭珏，希望拔擢他爲宰相，不久又薦入太常卿崔協，任圜認爲崔協沒有相才，擬改用吏部尚書李琪。偏偏鄭珏與李琪不和，極力阻撓，安重誨又袒護鄭珏，與任圜屢起齟齬，一日在御前爭議，任圜憤然說道：

「安重誨不熟悉朝中人物，爲人所賄，崔協雖然出於名門，識字不多，臣方愧自身不學無術，謬居相位，爲何還要添入一個崔協，徒然惹人非議？」

明宗李嗣源說道：

「宰相位高責重，理應仔細審擇，朕以前在河東之時，知道書記馮道博學多才，與人無忤，正可任爲宰相。」

於是俱命馮道、崔協同平章事。

崔協學識不豐，沒有相才倒是實情。當時盧質任檢校司空，同州節度使，往同州赴任時，馮道曾以詩「視朝北來唐學士，擁旌西去漢將軍」餞別，兩人感情甚篤。一日，明宗與大臣閒談，向宰相馮道問起盧質：

「盧質近來還吃酒嗎？」

馮道對說：

「盧質以前曾到臣家，偶爾也飲數爵，臣已勸過他飲酒不要過度，許多事亦如飲酒，過即患生。」

崔協此時卻強言於座說：

「臣聞食醫心鏡酒極好，不假藥餌又可以安心神。」

左右大臣見他說話如此膚淺，不覺暗笑。

馮道雖然爲相，但他素來與人無爭，朝政幾乎由樞密使安重誨一手把持。明宗有四個兒子從璨、從榮、從厚、從珂（養子）。從榮、從厚敬事安重誨，而從璨則不肯屈從。安重誨於是藉口從璨於明宗東巡時，戲登御榻，犯大逆罪，奏請誅之，明宗乃賜從璨死。而明宗養子李從珂，昔年在眞定府曾與安重誨飲酒爭言，因而毆傷安重誨，事後李從珂酒醒，雖向安重誨賠罪，安重誨卻一直懷恨在心。明宗稱帝後，李從珂為河東節度使，同平章事，安重誨極力詆毀李從珂，說他要造反。李從珂親自來洛陽辯白，安重誨則指使很多黨羽，上奏彈劾李從珂，明宗一概不納。安重誨甚至說動馮道、趙鳳等一同彈劾李從珂失守河中，應加罪譴。明宗李嗣源為其辯解說：

「我兒從珂被姦黨所陷，未明曲直以前，卿等為何亦出此言，豈非必欲置從珂於死地麼？朕料卿等受託而來，未必出自本意。」

翌日安重誨獨自進見，仍劾李從珂罪狀，請明宗加以應得之罪。明宗艴然說道：

「朕昔為小校時，家境貧苦，全賴此小兒負石灰、拾馬糞才能得錢養活，朕今日貴為天子，難道不能庇護一兒！卿必欲加他譴責，試問卿將如何將他處置？」

安重誨道：

「陛下誼關父子，臣何敢多言！惟陛下裁斷。」

明宗道：

「令他閒居私第，也算是重處了，此外何必多言！」

明宗到底沒有殺李從珂，僅奪爵置於私第而已。但安重誨終於受到朝中文武交相詬病，辭去了護國節度使兼中書令，以太子太師致仕，不久明宗遣使撾死安重誨於家。

明宗的兩個兒子李從榮封秦王，李從厚封宋王。秦王初為河東節度使，北都留守；宋王為河南尹，判六軍諸衛事。秦王李從榮以宋王李從厚得父寵，心頗嫉之。事情為明宗所知，就互調秦王為河南尹，判六軍諸衛事，以宋王為河東節度使，北都留守。秦王既內調，又參與朝政，頗為驕縱不法，甚至視宰相、樞密使如無物。時永寧公主的駙馬，河陽節度使、同平章事石敬瑭，奉詔兼判六軍諸衛副使。但秦王素惡石敬瑭，石敬瑭亦不願與秦王共事，請出鎮外藩。

秦王由尚書令而兼侍中，權侔人主。每次入朝，從騎數百，張弓挾矢，馳騁衢路。對於朝臣有不滿意的，就說：

「我若做了皇帝，必把他們滿門抄斬。」

會值明宗臥病，秦王要領兵入宮侍疾，實際是想奪位。並命使者告樞密使、同平章事朱弘昭、馮贇說：

「你們若係愛惜家族，就不要拒吾所爲。」

朱、馮等患之，與宣徽使孟漢瓊、三司使孫岳相謀，發宮中禁兵拒秦王兵於端門之外。明宗聞報大驚，對隨侍病榻旁的控鶴都指揮使李重吉（李從珂的兒子）說：

「我與你父親冒矢石、安天下，數度脫我於重圍中。從榮小兒，竟然造反，我早知其不足以託付大事了。你趕快傳我之命，授你父親以兵權（時李從珂已因安重誨死，出爲鳳翔節度使兼侍中，封潞王），你快緊閉宮門，阻止從榮之兵進入。」

李重吉奉命，以控鶴兵拒抵秦王李從榮。從榮兵敗，僚佐皆鼠竄，秦王與妃劉氏藏匿於床下，被搜出斬死。明宗的年紀大了，望七之年，怎堪經此鉅變？他聞得李從榮被殺，悲駭得幾從御榻上滾落下來。此時宰相馮道率百僚入宮問安，明宗老淚如雨，嗚咽地說道：

「我家不幸，竟至如此境地，我眞愧見卿等。」

馮道等亦泣下沾襟，徐用婉言勸慰，然後退出。

時宋王李從厚爲天雄節度使，即召其返都洛陽。宋王還未到，明宗李嗣源已先三日歸天了。總計明宗在位八年，享年六十有七。宋王抵達後，就在父親的靈柩前即皇帝位，是爲閔帝。

閔帝即位後，重用朱弘昭、馮贇，兩人都做了宰相。可是潞王李從珂是明宗的養子，又是一同打天下的功臣；而石敬瑭既是明宗的女婿，也是戎馬疆場的元勳；他們素得衆心，怎會看得上朱弘昭與馮贇這兩個後輩呢？明宗之喪，潞王辭疾不至，朱、馮即免李重吉控鶴都指揮使之職，解去其兵權，出爲亳州團練使。又把潞王在洛陽做了尼姑的女兒惠明召入禁宮中。因而潞王李從珂既懼且疑，不能安枕。同時朱、馮又不樂意石敬瑭久在太原，於是徙潞王爲河東節度使兼北都太守，把石敬瑭調爲成德節度使，另派洋王李從璋接替潞王爲鳳翔節度使。朱、馮要把潞王在關中（今陝西省）的根據地移交給別人，故將其調到一個新地方河東（今山西省）去。

這個調動，引起潞王李從珂的憤怒，諸將也以一離鳳翔，必無全理；於是潞王傳檄諸鎮，聲言起兵入宮清君側。閔帝這時已成朱、馮手中的傀儡，即發五路兵馬討潞王。誰知道五路兵馬先後都投降了潞王，潞王連下岐山、長安、華州，兵出潼關，直指洛陽。閔帝偕五十騎逃往魏州興唐府（今河北省大名縣），朱弘昭投井而死，馮贇被叛將所殺，閔帝的朝廷解體了。

馮道等入朝，到了端門，才知朱弘昭、馮贇二人俱死，閔帝李從厚車駕出走，大臣們悵然欲歸。太微宮使、弘文館大學士李愚說道：

「天子出幸，並未向我等與謀，現今太后在宮，我等且至中書省，遣小黃門入宮請示，取太后（明宗之妻）旨意然後回第，不知諸公以爲如何？」

馮道搖頭說：

「主上失守社稷，人臣將何處稟承，倘若再入宮城，恐非所宜。潞王現在處處張榜，不如歸俟教令，再作計較。」

於是大臣們同回到天宮寺。此時安重進遣人來說：

「潞王正倍道前來，即刻就要入都，相公宜帶領百官到穀水奉迎。」

馮道等乃入憩寺中，傳召百官，中書舍人盧導先至，馮道向盧導說道：

「聽說潞王將至，應具書勸進，還請舍人儘速起草！」

盧導答駁馮道說：

「潞王入朝，百官只可班迎，即使有廢立之事，也當等候太后教令，怎能遽往勸進呢？公等身爲大臣，難道有天子出外，遽向別人勸進的道理嗎？若潞王尙守臣節，舉大義相責，敢問公等具何詞對答呢？爲公等計，不如率百官逕詣宮門，進名問安，取了太后旨意，再去定奪，這樣才算是情義兼盡了。」

馮道尙躊躇未決，那安重進又遣人催促說：

「潞王來了，太后太妃已遣中使迎勞潞王，爲何百官尚未出迎？」

馮道等慌忙出寺，李愚、劉昫等也紛紛隨行。到了上陽門外，等候了半日有餘，並不見潞王到來的影子，只有盧導趨過。馮道等又召請儘速起草，盧導仍然對答如初。李愚嘆息地說道：

「舍人盧導所言甚是，我等是罪不勝數了。」

乃相偕還都。

待潞王李從珂至洛陽，百官排班恭迎於路，既入宮城，撫明宗之棺痛哭，文武官僚又俱請勸進正位，潞王說：

「我此行非來奪位，實出自不得已。待皇帝歸闕，園寢禮終，我當率部歸藩。」

既而太后傳命，立潞王李從珂爲帝，李從珂遂即帝位。

閔帝逃魏州，途遇石敬瑭，敬瑭部下的牙內指揮使劉知遠，盡殺閔帝左右及從騎，獨置閔帝一人於衛州驛。李從珂命衛州刺史王弘贄的兒子王巒酖殺閔帝。

當李從珂於鳳翔起兵時，曾許軍士入洛陽之日，每人賞錢一百緡（一緡即一貫，爲一千錢），既入洛，國庫金帛僅餘三萬兩、匹，而軍賞要用到五十萬緡，錢既不夠，就向民間徵取，但也僅僅得數萬緡，遂進一步向老百姓預借五個月房租，不管是自建或是租賃，一律要出錢，大小無一漏網，於是搞得天怒人怨。有司雖百端收斂民財，但仍所獲不多，李從珂怒下軍巡使於獄，晝夜督責；洛陽城中的監獄繫滿囚犯，窮人出不起錢的，竟至跳井而死。大臣李專美實在看不順眼，遂建議李從珂說：

「陛下拱手於危城之中，而得天下。但國之存亡，不在於厚賞軍士，而在修法度，立紀綱，陛下不改弦易轍，徒苦百姓，則存亡未可知也。今國家財力盡在於此，宜平均賞與軍士，何必一定聚斂百姓，實踐前言呢？」

李從珂也認爲所言甚當，遂罷徵，竭左庫舊藏，以至太后、太妃的器服、簪珥，湊足二十萬緡，以賞軍士，從鳳翔出發者得二十緡，在洛陽的降軍得十緡。軍士既不滿足，老百姓也都怨恨，李從珂雖做了皇帝，但暗礁卻已埋伏下了。

三、未省乾坤陷吉人

兒皇賣國

後晉開國皇帝是石敬瑭，也就是後唐明宗李嗣源的女婿。因爲他的帝位是假手契丹族而得，他不惜出賣中國領土，自稱兒皇帝，所以後世人常把他與勾引清兵入關的吳三桂相提並論，目之爲賣國賊。石敬瑭的父親，名叫臬捩雞，是沙陀族人，隨李國昌、李克用父子征戰，精於騎射。官至潞州（今河北省永年縣）刺史。至石敬瑭，始改漢姓名。當明宗李嗣源未稱帝時，石敬瑭與李從珂同爲李嗣源的左右手，俱以驍勇著稱，但兩人素不相悅。惟在李嗣源活著的時候，他們一個是女婿，一個是義子，表面上不得不顧全大局。及至明宗已死，李從珂做起皇帝，石敬瑭如何心服？同時又怕李從珂對他下手，遂在河東陰爲自全之計。留在洛陽的晉國長公主（石敬瑭之妻），欲辭別母后（明宗之妻曹太后）回太原，李從珂說：

「爲什麼要離開洛陽，是欲與石郎（指石敬瑭）造反嗎？」

這消息傳到太原之後，石敬瑭更加害怕，上表請辭兵權，遷移他鎮，試試李從珂是否眞的會對他動手。表至洛陽，李從珂召群臣聚議，端明殿學士、給事中李崧，御使中丞呂琦認爲還是下詔安慰石敬瑭，不准其請求調遷，以安其心。但樞密直學士薛文遇則認爲石敬瑭遲早總是要造反的，准其遷移亦反，不准其遷移亦反，故不如早日圖之。李從珂大喜說：

「卿言正合孤意。」

遂調石敬瑭爲天平節度使，另派宋審虔爲河東節度使，接替石敬瑭原來的職位。

石敬瑭大懼，與諸將相謀：

「我之來河東，主上謀許我終身不遷調，我不過試試他，他竟然下移我於天平，我雖不欲作亂，而朝廷懷疑如此，我豈能束手死於道路？」

都押牙劉知遠說：

「明公久領軍旅，深得士心，今據河東形勝之地，兵精馬壯，若傳檄天下，帝業可成，怎可因一紙制書，自設虎口呢？」

書記桑維翰更進言石敬瑭說：

「明宗遺愛在人，主上以庶孽代大位，群情不附。公爲明宗之愛婿，今主上反以叛逆相待，此非謝罪可免，必力爲自保，方可得全。契丹主素與明宗約爲兄弟，且其部落近在雲、應等州（山西省大同市一帶），公能推心屈節以事契丹，萬一有急，朝呼而夕至，何患無成。」

石敬瑭遂命桑維翰草表，稱臣於契丹，以父禮事契丹主耶律德光（時石敬瑭已四十五歲，耶律德光才三十四歲），約定事成之日，割盧龍一道及雁門以北諸州歸契丹。桑維翰的草表內容大意如下：

臣石敬瑭，特奏呈契丹國王。今因潞王李從珂擅自廢黜君王，無理篡奪皇位。臣本擬舉兵向李從珂問罪，無奈由於手下兵力薄弱，想來必然無法戰勝。今於此特尊奉貴王為父，臣願對貴王盡人子之禮。但願貴王能發兵南下，助臣討滅叛逆。倘貴王能助臣討滅李從珂，臣願將盧龍（今河北省喜峰口一帶）與雁門（今山西省代縣一帶）以北之地獻給貴王謝恩。

部將劉知遠看到石敬瑭這篇求救書，對桑維翰提出強烈抗議：

「已經四十五歲的石敬瑭，居然要認三十四歲的契丹王耶律德光爲父。對契丹稱臣還有話可說，至於盡『人子之禮』，就太不成體統了。向契丹求援兵，只要給他們一些財寶作軍費即可，爲什麼要割讓那麼多土地作爲條件呢？我看將來必然要招致意想不到的大災禍……」

劉知遠愈看愈生氣，因此向石敬瑭提出忠貞諫阻。可惜一心想要求得契丹援兵的石敬瑭，對劉知遠的耿耿忠言竟充耳不聞，因此不久就把這封求援書派使送到契丹。契丹是在中國北部草原過半遊牧生活的民族，史書上說他們原本是東胡人，也就是後來鮮卑族的一支。「契丹」這個名稱，有人認爲是其土語「上等鐵刃」的意思。

契丹從唐末就逐漸擴大勢力，到五代初期建立了部族國家，而且屢次企圖向中原伸張勢力，不過每次都敗北而歸。後唐不斷發生內亂，對一直想進兵中原的契丹來說，眞是一個大好時機。如今又接到石敬瑭這封屈膝求全的外交文書，契丹主更是興奮莫名。

石敬瑭舉兵的檄書傳到洛陽，稱養子李從珂不配承大寶。末帝李從珂大怒，盡削石敬瑭官爵，以張敬達爲統帥，楊光遠爲副帥，聲討太原。張敬達圍攻晉陽（即太原），時石敬瑭任劉知遠爲馬步軍都指揮使，劉知遠用法無私，人無二志，石敬瑭親冒矢石，臥於城土，故張敬達久攻不下，而契丹援兵已到，誘張敬達的唐軍至汾曲，大破之，唐軍步兵死者近萬人，騎兵逸去，退保晉安，築寨防守。石敬瑭引兵會契丹，拜見契丹主耶律德光於晉陽北門外，合兵圍張敬達的晉安寨，置營於晉安之南，長百餘里，寬五十里，設鈴索、軍犬，人寸步不能過。此際張敬達有士卒五萬人，馬萬匹，惟壓縮在寨中，與外間隔絕。李從珂聞張敬達戰敗被圍，大懼，再遣盧龍節度使、東北面招討使兼中書令、北平王趙德鈞，將幽州之兵，抄契丹後路。又派趙德鈞的兒子——樞密使、忠武節度使、隨駕諸軍都部署兼侍中趙延壽出兵潞州。天雄節度使兼中書令范延光，將魏州兵趨榆次。李從珂御駕親至懷州。但他懼怕契丹助石敬瑭，憂形於色，終日以酒澆愁，日夕酣飲悲歌，他怕到不願左右提起石敬瑭的名字，說：

「卿等勿言石郎，使朕心膽墜於地矣。」

為了兵不夠用，下詔徵兵馬，每戶出征夫一人，自備鎧杖，謂之義軍。總共得馬二千餘匹，征夫五千人，命陳州刺史郎萬金為教練官。這批新兵人數既少，又不懂戰陣，事實上毫無用處，徒然擾民而已。

趙德鈞、趙延壽父子，有吞併范延光之心，故意逗留不進，使得石敬瑭順利包圍晉安寨，從容不迫地做起皇帝來。因為契丹主耶律德光對石敬瑭說：

「我觀你氣貌識量，眞中原之主也。我欲立你爲天子，如何？」石敬瑭假意推辭一番，又經諸將勸進，乃答允之。契丹主即刻下冊書，立石敬瑭爲大晉皇帝。因石敬瑭是在今山西太原建國，這個地方古爲晉國，故稱晉，史稱後晉，石敬瑭也就是晉高祖。契丹的冊書中說：

你惟近戚，實係本枝，所以我視你若子，你待我如父。因此命你當踐皇帝極，仍以你自茲并土，首建義旗，宣以國號曰晉。朕永與你為父子之邦，保山河之誓。

這封可恥的冊書，竟立了一個中國皇帝——五代第三代後晉高祖石敬瑭。在中國歷史上，確實是可恥的一頁。石敬瑭拜受了契丹主冊書之後，在柳林築壇，即皇帝位，立即割讓了中國領土，即所謂燕雲十六州之地，並言明年進貢契丹五十萬匹帛，以爲孝敬。這十六州的名稱如下：

幽州（今北京市）、薊州（河北省薊縣）、瀛州（河北河間縣，馮道的故鄉）、莫州（河北省任邱縣）、涿州（河北省涿縣）、檀州（河北省密雲縣）、順州（河北省順義縣）、新州

（河北省涿鹿縣）、嬀州（河北省懷來縣東）、儒州（河北省延慶縣）、武州（河北省宣化縣）、蔚州（河北省蔚縣）、雲州（山西省大同市）、應州（山西省應縣）、環州（山西省朔縣東）、朔州（山西省朔縣）。

只要看一下地圖就明白，燕雲十六州就像屏風般屏障中原，如今石敬瑭把這扇屏風割給契丹，從此四百年間中原不斷遭受北方民族的侵擾威脅，都是石敬瑭賣國求榮所造成的禍根。此後，燕雲一直陷於異族之手，宋朝初期雖有收復之心，但始終力有未逮。歷經遼、金、元三異族統治，直到明太祖朱元璋，推翻蒙古族的元朝，這燕雲十六州才又重歸漢人所有。

出使契丹

再說石敬瑭做大晉皇帝，唐主所屬的北平王趙德鈞看著也欣羨不已，暗中派遣使者求助契丹。使者送給契丹驚人的財寶，目的是要求契丹主協助趙德鈞當中原皇帝。趙德鈞的使者同時對契丹主表示，中國將與契丹結爲永世的兄弟之邦，條件是把石敬瑭驅逐到河東，契丹主耶律德光頗爲心動，心想不如左右逢源接受雙方的條件。

石敬瑭探悉這種動向後，大爲驚慌，趕緊派桑維翰出使契丹，桑維翰就是當年勸石敬瑭認賊作父的獻策人。他來到契丹主大本營，從早晨向契丹主下跪一直跪到晚上，流著眼淚哀求契丹主協助石敬瑭，可是契丹主卻搖擺不定。

當天晚上契丹主耶律德光把趙德鈞的使者叫出，指著眼前的一塊石頭說：

「本王已經答應擁護石氏當皇帝，這是大男人跟大男人的約定，即使這塊石頭腐爛也不能違約。」

於是石敬瑭跟趙德鈞這兩個大漢奸所派來的使者，就在一喜一憂的情況下，離開契丹大本營。

這邊張敬達軍在晉安寨被包圍很久，糧秣俱盡，副使楊光遠見全軍將士流露厭戰之心，在失去信心的情況下，他勸張敬達投降契丹，可是張敬達卻拒勸：

「我是全軍統帥卻不能完成任務，如果戰敗，又使國家遭受恥辱，那麼我將陷於罪大惡極之境，所以絕對不能再投降敵人。但若我軍戰到精疲力竭時，你們可以拿著我的頭投降敵人領賞。」

這句話果然一語成讖，不久張敬達的副將就乘其不備，把他殺死，率領全軍投降契丹。從此唐軍在戰場上的將領紛紛投降，連趙德鈞、趙延壽父子也投降了契丹。契丹主與石敬瑭合兵南下，欲留石敬瑭的一個兒子守太原，敬瑭盡出諸子，請契丹主耶律德光選擇。耶律德光指著一個相貌頗似石敬瑭的說：

「此大眼兒可也。」

這個大眼兒是石敬瑭的姪兒石重貴，重貴父親早死，石敬瑭收養爲養子。於是命石重貴爲北京留守、太原尹、河東節度使，鎮守晉陽。

唐主李從珂聞石敬瑭稱帝，將士紛紛降敵，心慌意亂。洛陽人心大震，居民四出，逃匿山谷間，以避兵亂。轉眼石敬瑭的晉軍已至洛陽城郊，唐主李從珂與曹太后、劉皇后登玄武樓自焚而死。後唐歷莊宗李存勗（在位四年）、明宗李嗣源（在位八年）、閔帝李從厚（在位數月）、末帝李從珂（在位三年），共四個皇帝，三個姓氏，計享國十三年（九二三～九三六年），後唐亡。

石敬瑭入洛陽，上尊號於契丹主及太后，稱耶律德光爲父皇帝，上表稱臣，除歲輸三十萬金帛外，吉凶慶弔，歲時贈遺，玩好珍異，相繼不絕於道。石敬瑭是在契丹的協助下，才得以進入洛陽，所以他雖把中原之地全部收歸己有，版圖幅員也是小得可憐。這個悲哀的兒皇帝爲了要年年向契丹進貢，就得拚命榨取民脂民膏。

契丹主耶律德光平日稍有不如意，就馬上派使者責難石敬瑭，這時兒皇帝只有低頭領命的分兒。石敬瑭這種認賊作父、卑躬屈膝的無恥作風，在全國人民和將士心目中不啻是一大羞辱。

石敬瑭即帝位後，是爲後晉高祖，年號天福，馮道被擢爲宰相。後晉天福三年（九三八年）八月，契丹遣使加徽號於晉主石敬瑭，石敬瑭自然也得有所表示，同樣遣使獻徽號給契丹。可是契丹遠在北方沙漠，又是化外之民，這種差事誰也不想幹，因爲說不定去了契丹就再也回不來了。一日，馮道在中書跟諸相正吃飽中飯，外廳堂吏進來告知皇上欲派人北使的事宜，諸相聽了以後，個個面色慘白，手腳發抖，馮道卻隨手取過身邊的一幅紙，寫道：「我去！」隨即撰寫敕進。

晉主石敬瑭這邊正在發愁要派遣誰去，聽說宰相馮道自願出使，頓時百感交集。

晉主向馮道說：

「此行任務艱鉅，非卿不可。」

馮道自然沒有難色。晉主又說：

「卿官崇德重，不可深入沙漠。」

馮道回答：

「北朝對陛下有恩，陛下對臣有恩；只要是爲了陛下，臣赴湯蹈火在所不辭。」

於是晉主以馮道爲遼太后冊禮使，尚書左僕射劉昫爲遼太宗冊禮使，上尊號於遼太宗耶律德光及其母述律太后。馮道派人回家告訴妻子自己北使的事情，竟連家都沒來得及回去，即日備妥了鹵簿、儀仗、車輅等詣契丹行禮。是晚，住舍都亭驛，不日就往北行去了。石敬瑭在餞別宴上，語以家國之故，還煩耆德遠使北國等等的話，還親自斟卮酒賜飲馮道，並且爲之泣下。

這一行北遣的使者，將要到達西樓契丹邊境的時候，契丹主耶律德光聽說來使的是宰相馮道，竟想要親自郊迎，他的左右勸諫說：

「天子沒有迎宰相之禮。」

契丹主耶律德光聽了勸諫，方才罷了這個念頭。由此可見馮道名動殊俗之一斑了。

契丹主耶律德光雖然郊迎馮道不成，卻因馮道的重名而叫他與契丹的國相同列，也算聊作補償。契丹有一個禮俗，就是臣下如果有功或是被看重，契丹主會賜予牙笏或在臘日賜予牛頭魚（契丹主每在臘日在達魯河釣牛魚，以是否釣到牛魚來占卜年歲的好壞，同時有「牛頭宴」之俗。馮道使契丹詩曰：「曾叨臘月牛頭賜」。史書上曾記載契丹眞以牛頭賜之，其實不然。因爲契丹主臘日在達魯河釣牛魚，必須要先敲冰才能釣魚。所謂臘月牛頭，正是《本草綱目》上所著的「東海之魚」，因其頭如牛，所以叫牛頭，並不是眞的牛頭）。如果有臣子被賜牙笏或在臘日受賜牛頭，就表示受契丹主的特殊禮遇。這兩項東西馮道都曾得到，他特別作詩以爲紀念：「牛頭偏得賜，象笏更容持。」

契丹主耶律德光看到這幾句詩以後，非常喜悅，偷偷派人轉告馮道，耶律德光想把他留下來。馮道卻說：

「南朝爲子，北朝爲父，馮道在兩朝皆爲臣子，豈有什麼分別？」

馮道在契丹時，契丹主凡是有所賞賜，他都用來買薪炭，耶律德光徵問他爲何要買薪炭，馮道告以：

「北地苦寒，老年所不堪受，買薪炭有備無患。」

聽這語意好像有準備久留的打算。耶律德光感其意，於是遣馮道歸晉，馮道三次上表乞留，耶律德光還是要遣馮道歸晉。如此又在館中住了月餘。

當馮道南返時，每到一處就留駐一小段時間，待出得契丹境地，已經花了兩個月時間，左右不禁問馮道：

「在契丹能夠生還，都恨不得能長雙翅膀，早日出境，獨獨您卻留宿，這是爲什麼？」

馮道說：

「縱使想要急急南返，契丹以筋腳馬，一夜就可追及，那時又哪裡出得了境？但是若徐緩前進，就可以使他們不能測了。」

左右聽了，都佩服馮道的老謀睿智。

馮道南返回到汴京時，已是後晉天福四年（九三九年）的二月，總計在契丹六個月。回到京師後，馮道作詩五章，述北使之意，現在存留於世的是首章《北使還京作》，詩云：

去年今日奉皇華，只為朝廷不為家，
殿上一杯天子泣，門前雙節國人嗟。
龍荒冬往時時雪，兔苑春歸處處花，
上下一行如骨肉，幾人身死掩風沙。

及馮道還京後，朝廷廢樞密使，仍然依後唐舊制，並歸中書，晉主並將院印交付馮道，事無大小，悉歸馮道。不久加司徒、兼侍中，進封魯國公。晉主石敬瑭曾以用兵事問馮道，馮道說：

「陛下歷試諸多艱危，創成大業，神武睿略，為天下所共知，討伐不庭，須從獨創。臣本一介書生，為陛下在中書，守歷代成規，不敢稍有一毫之失。臣在後唐明宗朝時，明宗曾以兵戎事問臣，臣亦以此言答之。」

晉祖石敬瑭頗贊同馮道之說。這時已經望六之年的馮道，感覺自己年紀大了，曾經上表晉主求退，晉主石敬瑭連他的上表看也不看，就先遣鄭王去安撫慰問，讓馮道休養一陣子，希望他能繼續視事，並且說：

「卿來日若不出，朕當親行請卿。」

馮道不得已，乃繼續任事。由這件事看來，馮道當時的寵遇，眞是無人能比。

後晉出帝即位（九四二年），馮道加守太尉，進封燕國公。馮道曾問在朝中一個相熟的朋友：

「馮道之在政事堂，人有何說？」

這個朋友說：

「是非相半。」

馮道說：

「凡人同者為是，不同為非，而非道者，恐十有九人。昔孔丘可謂聖人，猶被叔孫武叔所詆毀，何況虛薄如我馮道呢！」

然而馮道所持，始終不變。

後來有人在晉出帝石重貴面前非議馮道說：「馮道依違兩可，只能爲平時宰相，無以濟補時艱，猶如禪僧之不可呼鷹。」

於是馮道出爲同州節度使，歲餘，移鎮南陽（今河南省），加中書令。馮道在南陽鎮時，有十幾家酒戶（獲准製酒的寒家）請求修復孔廟，馮道未予注意，將這些酒戶的進狀交付判官參詳其事，判官素來滑稽，隨手以一首絕句題在進狀的後面：

荊荊森森繞杏壇，儒官高貴盡偷安；
若教酒戶重修廟，覺我慚惶也大難。

馮道看了以後頗有愧色，於是拿出自己的俸祿重修孔廟。

馮道出任同州節度使，以至出鎮南陽，在其一生的宦途中，是最低潮的時刻，這期間大約是在晉出帝天福七年到開運三年（九四二～九四六年）。這三年半，在中國歷史上是非常重要的時期，契丹的勝利，造成北方燕雲十六州脫離中國統治達四百二十年之久。但這個責任不能歸咎於馮道。事實上，馮道被「貶」調南陽，很可能是因爲他反對朝中大臣的作戰政策。

契丹入寇

契丹族是東胡遊牧民族的一個支流，原始居住在中國東北遼河上游潢水（西剌木倫河）流域，初分爲八部，每部的酋長稱爲大人。隋末唐初，契丹族接觸到漢民族的經濟文化，與漢人建立了密切的交誼，對生產方式與生產力，也有迅速的改變與發展。唐朝末年，契丹族中迭剌部大人耶律阿保機（也就是遼太祖），爲人驍勇有智，被推爲部族聯盟的酋長，後來他殺死其他七部的大人，統一了契丹族，北攻室韋、女眞，西取突厥故地，遂正式稱帝，建立國家（九〇七年，與五代的後梁太祖朱溫稱帝是同一年）。阿保機死後，其子耶律德光（也就是遼太宗）繼任。阿保機時代，即數侵中國，與李克用結爲金蘭，擬共圖朱梁。至耶律德光時，其勢更盛，馴至石敬瑭割燕雲十六州與契丹，中國皇帝直是契丹卵翼下的傀儡。在石敬瑭時期，即有成德節度使安重榮恥臣契丹而叛變的事情發生。

當時朝中分投降與抗戰兩派，投降派是以泰寧節度使桑維翰爲代表，抗戰派是以安重榮爲代表，安重榮對石敬瑭說：

「陛下屢敕臣等事奉契丹，不要挑起戰端，奈何天道人心難以違拒；況且諸節度使陷於契丹者，正在延頸企踵，等待王師。願陛下早日決計。」

桑維翰則說：

「陛下能夠免於晉陽之難，擁有天下，這都是契丹的功勞，怎可負他？現在安重榮恃勇輕敵，不是國家之利，不可聽信。臣竊觀契丹數年以來，士馬精強，吞噬四鄰，戰無不勝，攻無不克。並以契丹君主智勇過人，契丹臣子上下輯睦，牛馬肥壯，國無天災，中國未必就可與契丹匹敵。而且中國新敗，士氣凋沮，以此擋拒契丹乘勝之威，兩勢互較相去甚遠……現在中國天下粗安，靜而守之才是上策，怎可輕舉妄動？」

聽來似乎桑維翰老謀深算，深通「知己知彼，百戰百勝」的戰略，但字裡行間完全是「長他人志氣，滅自己威風」，十足表現出一個畏敵的投降派典型。安重榮恥臣契丹這一點是可貴的，當時中國人不肯屈膝在異族的統治下，也是人同此心。不過安重榮是以抗戰爲名，其實另有野心，藉抵抗契丹而造反，此則不足取。後安重榮失敗被殺，不久石敬瑭也死了。

晉主石敬瑭生有七子，四子被殺，二子早歿，只剩幼子石重睿，尙在沖齡。晉主臥疾，宰相馮道入宮進見，由晉主呼出重睿，命他向馮道下拜，且令內侍抱重睿置於馮道懷中，意欲託孤寄命，希望馮道輔立幼主。等到石敬瑭疾終，馮道與侍衛馬步都虞候景延廣商議，景延廣以石重睿年紀太小，國家又多難，應立長君。馮道本是模稜兩可的人，遂依了景延廣之意，於是另立齊王石重貴（即石敬瑭的姪兒，被契丹主耶律德光呼爲大眼兒的）爲帝，是爲出帝。

景延廣也是抗戰派，當出帝即位時，群臣集議，應向契丹主報先皇帝之喪，新皇帝奉表稱臣。而景延廣卻認爲稱臣可恥，僅稱孫而不稱臣。馮道在一旁則不置一詞。所以馮道變成兩派都不歡迎的人物，終於遭到排擠。此時繼桑維翰的另一個投降派代表兵部侍郎李崧說：

「屈身以爲社稷，何恥之有？陛下如此，他日躬親環甲，與契丹作戰，悔之晚矣。」

景延廣固爭，出帝遂從景延廣之意。表至契丹，耶律德光果然大怒，派使者責問，爲何不先稟告，遽爾稱帝？景延廣以不遜之語答之，並對契丹來汴京的迴圖（商務官）喬榮說：

「你回去告知你家主人，先帝是你們北朝所立，故稱臣奉表。今上乃中國朝立，其所以仍然降志稱孫者，正是不忘先帝盟約，於此足矣，無稱臣之理。你們北朝皇帝不要輕侮中國，中國兵馬強壯，你是看見的。翁怒則來戰，孫有十萬口橫磨劍，足以相待，他日爲孫所敗，則取笑於天下，勿自悔也。」

並把說的話寫在書面上，由喬榮帶回，耶律德光愈爲憤怒。湊巧契丹盧龍節度使趙延壽（趙德鈞的兒子，父子同降契丹，趙德鈞因受契丹太后的奚落，憂悶而死）子承父志，也有代替石晉稱帝中國的野心，屢屢在契丹主面前，自告奮勇，擊滅石晉。耶律德光遂決定出兵，侵略中國。當下派趙延壽爲魏博節度使，封魏王，爲契丹討晉軍的馬前先鋒，進掠太原。時鎮守太原的河東節度使劉知遠，奉晉出帝石重貴之命，爲幽州道行營招討使，杜威爲副使，迎拒契丹，出帝發動各路兵馬，與契丹軍戰於馬家口，大破之。契丹騎兵赴河溺水死者數千人，被俘斬者亦數千人，遂轉怒於擄得中國的兵民，盡殺其民，且盡焚其兵。因此激起中國人戮力同心以抗契丹。

出帝親自領兵，督侍衛馬步軍都指揮使、同平章事景延廣，義成節度使李守貞，歸德節度使高行周諸軍，在戚城之南，與契丹軍會戰。契丹主耶律德光登城望之，見晉軍之盛，回顧左右曰：

「你們說晉兵已餓死了一半，何以還有這麼多？」

遂布陣以待晉軍，晉軍萬弩齊發，飛箭如蝗，契丹軍攻晉軍不克，苦戰至暮，兩軍死者不可勝計。入夜，契丹軍退去，景延廣疑有詐，不敢追。契丹分兩路撤走，一出滄、德（河北省滄縣、山東省德縣），一出深、冀（河北省深縣、冀縣），沿途所遇，大燒大搶，方圓千里，擄掠得乾乾淨淨。

契丹雖退去，並不等於石晉戰勝了契丹，契丹的實力並無損失。相反的，石晉則因契丹入寇，國用枯竭，不得不派出專使三十六人，到各地搜括民財，使者率吏卒，帶著鎖鏈、械刀、器杖，逕入民家，不給錢就鎖起來帶入官衙。以致閭巷驚呼，求死無地。州縣的吏卒又假公濟私，在朝廷的苛斂外，再加上一層剝削。石晉皇朝就這麼到了民不聊生的地步。

景延廣經過這一場戰爭，認識到契丹之強盛，始憂國破家亡，便日夜縱酒。出帝因景延廣不得人心，又不遜難制，乃出景延廣爲西京（洛陽）留守兼侍中，把他侍衛馬步軍都指揮使的兵權摘了下來。另派歸德節度使兼侍中高行周爲侍衛馬步軍都指揮使，起用投降派桑維翰爲宰相，以河東節度使劉知遠爲北面行營都統，順國節度使杜威爲都招討使，督十三節度防備契丹。

後晉覆亡

劉知遠在河東，早就擁有自己的基本軍事力量，戰契丹時，因爲會師山東，劉知遠來得稍晚，出帝懷疑，曾對人說：

「劉河東不助朕，必有異圖，但何不早發？」

所以這次委派劉知遠爲北面行營都統，突無臨制之權，密謀大計也概不得預。劉知遠知道已被疏遠，心甚憂之。他的親將郭威說：

「河東山河固險，風俗尚武，士多戰馬，靜則勤稼穡，動則習軍旅，此霸王之資。何憂之有？」

郭威當年爲軍士時，不願隨侍衛使、魏府四面部署楊光遠北征，乞留於劉知遠營。人問其故，郭威說：

「楊公有姦詐才，無英雄氣，得我何用？能用我者，劉公也。」

後來楊光遠果然謀反被殺，劉知遠則引郭威爲心腹。此際劉知遠遂在太原擁兵，陰以自固。防禦契丹的軍事重責，實際是落在所謂當朝的駙馬杜威身上。

這個杜威怯懦怕死，當他鎮守恆州時，契丹數十騎過境，就嚇得他關上城門，不敢越雷池一步。有時數名契丹騎兵押解著成千的漢人俘虜過境，杜威也不敢出城邀截。附近城池被契丹兵屠戮，杜威竟不出一兵救之。以至千里之間，暴骨如莽，村落殆盡。他唯一的本領，恐怕就是搜掠吏民的錢帛，以飽私囊。富室有珍貨，或有名姝駿馬，皆奪取之，或誣以罪殺之。杜威由順國節度使而天雄節度使；由都招討使，加上了「北面行營」四個字的頭銜，成爲北面行營都招討使，正式替代了劉知遠的北面行營都統的職權，成爲抵抗契丹的軍事統帥。

杜威以貴戚爲上將，國家倚負之深，前所未有，誰知他竟然陣前降敵。因爲契丹主耶律德光曾經說過這樣一句話：

「趙延壽的威望淺，不能做中國皇帝，若杜威來降，我當以杜威爲中國帝。」

杜威於是投降契丹，耶律德光以赭袍加其身，任爲太傅，杜威即命降將彰德節度使張彥澤，回戈南下。出帝石重貴聞杜威降敵，大吃一驚，這才想起劉知遠，欲詔其入援，但已來不及了。張彥澤斬關而入，出帝擬舉火自焚，爲親將薛超阻止，只得草降表，自稱：

「孫男臣重貴，運盡天亡，面縛待罪。」

契丹主耶律德光入城，遷出帝於黃龍府（吉林省農安縣），封爲負義侯。耶律德光改服中國衣冠，百官起居，一如舊制。並遣胡騎四去，以牧馬爲名，更番剽掠，號爲「打草穀」。於是少壯死於鋒刃，老弱委於溝壑，東西二京，鄭、滑、曹、濮數百里間，財畜殆盡。又刮借都城市民錢帛，將相以下皆不免。分遣使者數十人，到各州刮借，逾限即嚴誅，弄得天怒人怨，民不聊生。至是契丹主耶律德光自爲中國皇帝，戴通天冠，衣絳紗袍，御正殿，即皇帝位。命華人俱穿戴華服，胡人穿戴胡服，立於文武班中，向皇帝朝賀，後晉皇朝乃宣告覆亡了。總計後晉高祖石敬瑭在位六年，出帝石重貴在位五年，共享國十一年（九三六～九四六年）。

契丹滅晉之後，此時已是大遼皇帝的耶律德光將馮道從南陽鎮召回汴京（開封），馮道朝進耶律德光時，並不趕緊跪在契丹主面前，大遼皇帝耶律德光責備馮道事奉後晉不力，馮道無言以對。耶律德光又問：

「你這個老頭子是從哪裡來的？」

馮道回答說：

「臣是既無才又無德的一介老朽。」

馮道就是這樣，能夠用自貶身價式的謙虛博取他人的歡心，結果馮道被任命爲太傅的崇高官職。耶律德光接著又問馮道：

「你看天下百姓如何才能得救？」

馮道應聲道：

「此時即有一佛出世，亦恐救不得百姓；唯皇帝才可救得。」

當時無論中外、無論賢愚，都仰馮道爲元老級的人物；人們都說契丹終於沒有夷滅中國，全靠了馮道這一言之善。

後漢建國

河東節度使兼中書令、北平王劉知遠，聞契丹主耶律德光破東西二京，自爲中國皇帝，知道自己的力量還不足以抵抗契丹，遂上表入賀。契丹主賜詔褒獎，並在詔書的劉知遠名字上，御筆親加「兒子」二字，以示親密。又賜木枴，以示崇敬。蕃漢孔目官郭威對劉知遠說：

「契丹貪殘失人心，必不能久居中國，可以舉兵圖之。」

劉知遠說：

「契丹新降晉軍十萬，虎踞京邑，未有其他變動，豈可輕舉妄動？我觀其所利，只是貪圖財貨，財貨足了自然北去，待其去後，再往而取，可以萬全。」

此時劉知遠部下的將士都說：

「契丹陷我京城，執我天子，天下不可以一日無主，王天下者，非我王而誰？應先正位號，然後出師。」

將士群呼萬歲不已。行軍司馬張彥成等又三次上牋表勸進，劉知遠猶豫不決。郭威說：

「今遠近之心，不謀而同，此乃天意。王不乘此際取位，謙讓不居，恐人心一散，則大事去矣，反而得禍。」

劉知遠從郭威之言，遂在太原即皇帝位，但仍未去後晉國號，僅改元爲天福十二年（石敬瑭時年號爲天福，石重貴即位三年後，改年號爲開運，劉知遠再改回天福）。以太原爲北京。

契丹主耶律德光聞劉知遠在太原即皇帝位，即分兵遣將，據守要害，以防進攻。當契丹據中原時，各州縣因爲受不了刑法與苛稅的侵擾，紛紛騷動，農民放棄了農業生產，嘯聚山林，多者數萬，少者不下千百，到處攻城掠縣，相州、宋州、亳州、密州，俱陷於義民之手。耶律德光搖首嘆息地說：

「我沒料到中國人竟這樣難以制伏！」

他知道中原雖好，不是久戀之家，藉口回北方避暑，帶著馮道等文武司從官員、諸軍吏卒萬餘人，宮女、宦官數百人，盡載府軍珍寶，從大陸出發往常山而去。留下他的大舅子蕭翰爲宣武節度使，防守汴州。契丹主耶律德光所過之地，村落盡空。經相州（河南省湯陰縣），命蕃漢兵攻之，攻下之後，殺盡相州城中的男子，婦女俱驅之北上。胡人擲嬰兒於空中，以尖刀接之，以爲笑樂。後來相州留守高唐英檢視城中百姓，僅得七百人，而髑髏竟得十餘萬，可見契丹人對付漢人的手段，是極慘酷之至矣！

耶律德光也知道自己是錯了，他說：

「我有三失，怪不得中國要叛我呢！我令諸道刮錢，這是第一失；縱兵打草穀，這是第二失；不早遣諸節度使還鎮，這是第三失。如今我追悔莫及了！」

契丹主耶律德光乃是一個好大喜功的雄主，此番大舉入汴，到處順手，已經如願以償，但他想久據中原，卻偏偏不能如意，接連許多警耗傳來，使他由憤生悔，由悔生憂，竟至懨懨成疾。到了欒城，遍體苦熱，以冰沃身，且沃且啖。抵達殺胡林，病勢愈劇，即日而卒。

契丹主死後，趙延壽想乘機過一過多年夢想的皇帝癮，不護喪北返，反而直接引兵入恆州（河南省正定縣附近），而契丹的永康王兀欲也率部繼趙延壽入恆州城，趙延壽想要阻拒又不敢。當下趙延壽文武諸將吏集議，欲稱帝號。太子太師、樞密使李崧認爲契丹族若不同意，事恐難行。果然兀欲藉著一場歡宴扣留趙延壽，揚言趙延壽要造反，已經鎖之押解北國了。兀欲隨即宣布自己知南朝軍國事，即皇帝位，爲耶律德光舉哀成服。

永康王兀欲在恆州自立爲帝以後，便即率兵北向，回木葉山去了。永康王兀欲北去後，留下族人解里據守恆州城。

當時劉知遠的漢軍將士憤激，齊力驅逐解里，因而收復了恆州城。馮道率領同列，四出安撫，因事從宜，各安其所。人人都推讚馮道的功勞不小，並且還欲推戴馮道爲節度使，馮道卻謙虛地說：

「我是一介書生，儒臣只當事而已，哪有什麼功勞可言，還不是諸將之力！」

馮道於是爲衆人擇諸將中勤宿者——騎校白再榮爲帥，衆人對馮道的選擇都無話可說，全都心悅誠服。

馮道在恆州城時，見有中國婦女被契丹所俘虜的，就自己出錢把她們贖回，寄放在高尼精舍之中，然後相次爲她們尋訪家屬，遣送回家。

是年（九四七年）閏七月二十九日，契丹有僞詔追封李崧等，並命李崧遴選朝士十人赴木葉山行事。

可巧恆州軍亂，指揮使白再榮等逐出麻荅，並進據定州。馮道等乘隙南歸中原，免做那異域亡魂，正是不幸中的大幸。

馮道從恆州回中原，入覲漢祖，漢祖劉知遠嘉之，拜守太師，晉封齊國公。

四、且樂生前一杯酒

三叛連兵

劉知遠聞契丹北歸，當下集群臣廷議進取。以北京馬步軍都指揮使、太原尹、皇弟劉崇爲北京留守，親自率兵南下。由於契丹的主力已經撤出中原，所以劉知遠並沒有經過激烈的戰爭，便順利地到了洛陽。汴州的百官都奉表到洛陽迎駕。

劉知遠傳命，凡是契丹所委派的官吏，切勿自疑，當與舊晉所任命者一視同仁，無分眞僞。因而大小官佐俱各相安，馮道當然也能繼續他的仕宦生涯。劉知遠到大梁，晉的藩鎮相繼來降。於是改國號曰漢（劉知遠以漢高祖劉邦的後裔自命，故稱漢，其實劉知遠是沙陀人，與漢族是毫不相干的），史稱後漢。劉知遠也就是五代第四代的後漢高祖。

後漢高祖劉知遠建國於汴州（河南省開封市），仍稱東京。時鄴都留守、天雄節度使兼中書令杜威、天平節度使兼侍中李守貞，以及燕王趙延壽的兒子河中節度使趙匡贊，均奉表歸命。杜威因漢主劉知遠將其移鎮歸德，內心懼怕曾負中國降契丹，而得重譴，一度拒命，但旋又降服。高祖仍任杜威爲太傅、兼中書令、封楚國公。杜威每出入，市人爭擲瓦礫以詬之。

李守貞奉命爲護國節度使兼中書令，趙匡贊爲晉昌節度使，趙匡贊與鳳翔節度使侯益，引後蜀兵犯關中，高祖劉知遠詔右衛大將軍王景崇討之。時趙匡贊部下的節度判官李恕勸匡贊及早回頭。謂聯蜀反漢，不是個辦法。匡贊醒悟，即入朝請罪。王景崇的兵到長安時，趙匡贊已到了汴京。時高祖劉知遠病逝，皇子劉承祐即皇帝位，是爲隱帝。隱帝命王景崇兼鳳翔（陝西省鳳翔縣）節度使。原鳳翔節度使侯益，聞王景崇對他不利，溜往東京汴梁，盡出所有家產，厚賂當朝執政，竭力詆毀王景崇，說他恣橫不法。於是諸大臣爭譽侯益而短王景崇，隱帝劉承祐信之，任命侯益爲中書令兼開封尹。王景崇在鳳翔聞之，心頗不安。會朝廷又改任他爲邠州留後，遂降了後蜀以求自保。此際，原駐長安的趙匡贊牙兵軍校趙思綰，不奉調遣，據長安而叛。連帶的護國節度使兼中書令李守貞也舉起叛旗，形成了「三叛連兵」的局勢。

李守貞之叛是因爲隱帝即位後，將楚國公杜威父子藉罪斬首，李守貞內心不安，陰有異志。且守貞自以爲前朝上將，屢立戰功，他又好施捨，深得士心。後漢皇朝是新建不久的國家，高祖劉知遠即帝位，不到一年（十月餘）就死了，隱帝年少初立，當朝執政官又俱後進，因而他看不起這個朝廷。乃招納亡命、畜養死士，修治城池，繕具甲兵。又北連契丹，南結南唐，西依後蜀，舉兵稱叛。李守貞很迷信，他供奉著一個名叫總倫的僧人，這僧人說李守貞有天子命。守貞自然深信不疑。一日守貞與將佐們酒會時，瞧中堂上掛著的一幅「舔掌臥虎圖」說：

「我若有非常之福，就一箭射中這老虎的舌頭。」

說著就站起來，引弓射之，果然一箭射中虎舌，李守貞愈發相信自己是有帝王之福了。當趙思綰據長安稱叛時，曾奉表獻龍袍給李守貞，李守貞大悅，乃自稱秦王，在同州（陝西省大荔縣）宣告獨立。

汴州的後漢朝廷屢屢發兵分討諸逆，俱無成效，乃任命郭威為西面軍前招諭安撫使，各路兵馬俱受郭威的節制調遣。郭威治軍德重於威，撫養士族同甘共苦。小有功則厚賞之，微有傷則親視之，士無賢不肖，凡有陳述，虛心接受，有違忤其意者不怒，雖小有過失者亦不責，因而將士無不歸心。

郭威奉命招討李守貞，將行之時，先詣太師馮道處問策。馮道徐語以道：

「李守貞是宿將，自謂功高望重，必能約束士卒，令他歸附。你去後若勿愛官物，盡賜兵吏，勢必衆情傾嚮，無不樂從，李守貞自然不能有爲了。」

郭威謝教即行，承制傳檄，調集各道兵馬，前來會師。起初，李守貞以爲郭威所統帥的軍隊，多數是他往日的舊部，也曾受他的賞賜，只要漢軍到了同州城下，一定偃旗息鼓，棄甲而降。殊不知郭威治軍比他更得人心，漢軍到城下，揚旗伐鼓，踴躍爭前，李守貞這才驚惶失措，遂閉城固守，不與漢軍交戰。漢軍諸將欲要攻城，郭威想起馮道的告誡，就說：

「李守貞是前朝宿將，勇敢好施，曾屢立大功，名震中外。如今池深城固，樓堞巍峨，他憑城自守，我仰面攻之，何異驅士卒赴湯火，不如設長圍而困之，斷絕他的各路交通，等到城中糧秣俱盡，然後駕雲梯而銜之，飛羽書而招之，何慮不滅？」

郭威偃旗息鼓，沿著河道設火鋪，綿延數十里，把同州城圍得水泄不通。李守貞出外求救的諜兵，一出城就遭擒獲，城中糧食將盡，餓死的人愈來愈多，李守貞憂形於色。總倫和尚說：

「大王勿慮，大王當爲天子，人不能奪，不過如今命中有災，等到災難退盡，只剩下一人一騎的時候，也就是大王登大寶，做皇帝的時候了。」

李守貞仍然相信總倫和尚的話，並且好像吃了一顆定心丸一樣。當時城中百姓已餓死了十之六七，李守貞屢次派兵突圍，卻總是衝不出去，被殺傷了大半，戰具刀械俱被漢軍奪去，其將領多人也紛紛投降，郭威乘其衆叛親離時，分兵一百道攻之。

據長安的趙思綰亦被圍，他的部下勸他不如乘李守貞未被攻破時，先向漢軍投降，不但可能免死，且可不失富貴。思綰遂遣使赴闕請降，隱帝以趙思綰爲華州留後、都指揮使。思綰雖然奉詔，但他卻遷延不肯赴華州，漢將郭從義稟明郭威，以餞行爲名，擒斬趙思綰及其父兄部曲三百餘人於市，長安之叛乃平。

郭威克李守貞之外城，守貞收其餘衆，退保內城，漢軍諸將請急攻，郭威說：「鳥窮則啄，況一軍乎？涸水取魚，何用急焉？」

李守貞眞正到了裡無糧草、外無救兵的時候，皇帝夢也醒了，自知投降也如趙思綰，仍不免一死，索性做個硬漢，與妻兒一同自焚而死。郭威入城，擒得僞宰相、樞密使等以及國師總倫大和尚，均送東京磔於市，同州之叛遂平。

三叛已平其二，守鳳翔的叛帥王景崇知大勢已去，憂心如焚，他的部將勸他投降，他不肯，命諸將出降，自己則效李守貞的模樣，與家人自焚而死。至是連兵的三員叛將悉數蕩平。

郭威平伏了三叛連兵，入朝覲見隱帝，隱帝劉承祐賜以金帛、衣服、玉帶、馬鞍。郭威辭曰：

「臣將兵在外，凡鎮定京師，供輸糧秣，使兵食不乏，都是諸大臣之力，臣何敢獨膺上賞，請遍賜之。」

隱帝劉承祐欲加郭威侍中，郭威也不敢受；於是遍賜宰相、樞密、三司、侍衛九人，與郭威同樣的封賞。甚至各道藩鎮俱加官進爵。議者以郭威不居功，推己及人，以為美談。但朝廷的爵位，以一人之功而遍及天下，亦可謂濫矣。

外朝閒居

隱帝劉承祐於討平李守貞等叛亂之後，漸漸驕縱。當時的執政大臣，是由楊邠、郭威、史弘肇、王章等人，分任軍政、經濟重責。楊邠以樞密使、右僕射、同平章事，總理樞機；郭威以樞密使兼侍中，專任征伐；史弘肇以侍衛親軍都指揮使兼中書令，典掌宿衛；王章以三司使、同平章事，掌理財政。

時契丹又蠢蠢欲動，詔郭威守鄴都，以鄴都留守、天雄節度使，仍兼樞密使，並通飭河北兵馬、錢穀，但見郭威文書，立受調遣徵發。郭威去後，朝中原已不和的將相，更加尖銳地對立起來。

楊邠對政權一把抓，凡事不得楊邠同意，什麼也行不通。史弘肇與司空蘇逢吉的關係，搞得也不很好。他們連對與隱帝親近之人，欲求加官進爵，也吝而不與。如李太后（劉知遠之妻）的故人子，想取得一個軍職，史弘肇竟怒而斬之。太后的弟弟李業，在高祖劉知遠時，就職掌內帑，隱帝即位，對於這位舅父更加寵信，適逢宣徽使出缺，太后與隱帝都想以李業遞補，示意於楊邠、史弘肇，楊、史不從說：

「外戚豈能遷補內使？」

隱帝年行漸長，對於楊邠、史弘肇的專權，視爲眼中釘肉中刺，當然想去之爲快。在朝堂上隱帝屢欲自有主張，楊邠說：

「陛下不必多言，有臣等在，即可耳。」

隱帝聽在耳中，恨在心裡。因而御前親信乘機進讒，說楊邠、史弘肇等如此驕橫，終必作亂。隱帝乃與李業等定議殺楊、史，伏甲士於廣政殿，俟楊邠、史弘肇入朝，殺於東廡之下。凡楊邠等親戚、黨羽、僕從，盡殺之。又因郭威與楊邠、史弘肇同爲先帝老臣，楊、史死，則郭威必不自安，索性先下手爲強，意欲一併誅殺。

年輕的隱帝劉承祐，對於老臣干涉朝政逐漸感到不滿，很想排除所有重臣獨理朝政，因而首先殺死幾位重臣，隨後又派刺客到魏州（今河北省大名縣）去刺殺郭威；馮道也是先帝（後漢高祖劉知遠）的老臣，對這一連串的事件，看在眼裡，驚在心裡。所幸隱帝看他平日無甚作爲，又是個諸事依違兩可的模稜人物，念在他沒有跟自己作對的分上，只將他調離首都汴京了事。

這時奉朝請外的馮道，已經是一逾花甲之齡的老翁了，身在外朝，他反倒能平居自適，逍遙愜意。閒暇無事之際，鎮日裡與詩酒爲伍；置酒花間，獨臥幽林，偶爾展卷，陶然忘機。若說還有什麼微憾，那就是他的同鄉知友劉審交死了。劉審交字求益，是幽州文安人。劉守光僭號燕王，以劉審交爲兵部尚書，而馮道當時只是一名參軍；燕王敗，兩人不約而同往太原投靠李嗣源。

劉審交在後漢隱帝嗣位後，用爲汝州防禦使；汝州是京城汴京的近畿，號稱難治，但劉審交卻能盡去煩弊，撫憂於民，於是百姓歌之。後漢隱帝乾祐三年（九五〇年）二月，劉審交去世，享年七十四歲。汝州的百姓聚哭在劉審交的柩前，汝州吏民詣闕上書，朝廷因爲劉審交有仁政，令留葬汝州，並爲他立碑起祠，以時致祭。

馮道聽說劉審交已成故人，爲他寫了一篇祭悼文：

我曾為劉審交的僚佐，知道他為人廉平慈善，是一個無害的良吏。擔任遼、磁州的刺史，以及治理陳、襄、青等州，皆稱平允，並不見有何特殊之處。至於他治理汝州，並沒有什麼不一樣。人民的租賦無減，徭役不息，寒者不能衣，餒者不能食，百姓棲遑不得休養，要牧守又有什麼用呢？然而劉審交卻在死後，深得黎民百姓的懷感，這都是因為他不行鞭扑，不行刻剝，不因公而徇私，不害物以利己，確實執行良吏所應做的事情；薄罰宥過，謹身節用，安俸祿，守禮分而已。相信只要能這樣做，誰不能獲得百姓的懷感？但是以前治理汝州的刺史，沒有這樣做，所以劉審交能夠深得百姓的愛慕與讚嘆。

馮道並爲劉審交著哀詞六章，鐫於墓碑之陰。

自云長樂

早年好友劉審交的死，使他感觸良深。他由友人的生平及其微小的成就，進而想到反省自己的一生，因而在兩個月後，他寫下自傳《長樂老自敘》：

我世家宗族，本始平、長樂二郡，歷代的名實，都記載在國史家牒上。我原從燕王劉守光，燕亡後到太原，事莊宗、明宗、閔帝、清泰帝；又事晉高祖皇帝、少帝。契丹占據汴京，中國被契丹主所制，我從鎮州與文武臣僚、馬步將士歸漢朝，事高祖皇帝、今上。回顧久在祿位，雖可說是備歷艱危；然而卻也能上顯祖宗，下光親戚。亡曾祖父諱湊，累贈至太傅，亡曾祖母崔氏，追封梁國太夫人；亡祖諱烱，累贈至太師，亡祖母褚氏，追封吳國太夫人；亡父諱良建，以祕書少監除官，累贈到尚書令，母親張氏，追封魏國太夫人。

我的官階，從將仕郎，轉朝議郎、朝散大夫、銀青光祿大夫、金紫光祿大夫、特進、開府儀同三司。我的官職從幽州節度巡官、河東節度巡官、掌書記。再為翰林學士，改授端明殿學士、太微宮使，再為弘文館大學士，又充諸道鹽鐵轉運使、南郊大禮使、明宗皇帝晉高祖皇帝山陵使，再授定國軍節度使、同州管內觀察處置等使，一為長春宮使，又授武勝軍節度、鄧、隨、均、房等州管內觀察處置等使。我為官從幽州府參軍、試大理評事、檢校尚書祠部郎中兼侍御使、檢校吏部郎中兼御使中丞、檢校太尉、同中書門下平章事、檢校太師、兼侍中，又授檢校太師、兼中書令。正官則從刑台中書舍人，再為户部侍郎，轉兵部侍郎、中書侍郎，再為門下侍郎、刑部吏部尚書、右僕射，三為司空，兩在中書，一守本官，又授司徒、兼侍中，賜私門十六戟，又授太尉、兼侍中，又授戎太傅，又授漢太師。官爵從開國男到開國公、魯國公，再封秦國公、梁國公、燕國公、齊國公。食邑從三百户到一萬一千户，食實封從一百户到一千八百户。官勳從柱國到上柱國；功臣名從經邦致理翊贊功臣到守正崇德保邦致理功臣、安時處順守義崇靜功臣、崇仁保德寧邦翊聖功臣。

我原先娶故德州官吏褚諱濆女，因為褚氏早亡，後來又娶故景州弓高縣孫明府諱師禮女，累封蜀國夫人。亡長子馮平，從祕書郎授右拾遺、工部度支員外郎；次子馮吉，從祕書省校書郎授膳部金部職方員外郎、屯田郎中；第三亡子馮可，從祕書省正字授殿中丞、工部户部員外郎；第四子幼亡；第五子馮義從祕書郎改授銀青光祿大夫、檢校國子祭酒兼御史中丞，充定國軍衙內都指揮使，職罷改授朝散大夫、左春坊太子司議郎，授太常丞；第六子馮正，從協律郎改授銀青光祿大夫、檢校國子祭酒兼御史中丞，充定國軍節度使，職罷改授朝散大夫、太僕丞。長女適故兵部崔侍郎諱衍子太僕少卿名絢，封萬年縣君；三女子早亡，二孩幼亡。後唐長興二年敕令，瀛州景城縣莊來蘇鄉改為元輔鄉，朝漢里為孝行里。洛南莊貫河南府洛陽縣三州鄉靈台里，奉後晉天福五年敕三州鄉改為上相鄉，靈台里改為中台里，當時我為司徒、兼侍中；又奉八年敕，上相鄉改為太尉鄉，中台里改為侍中里，當時官守太尉、兼侍中。

靜思本源始末，慶及存亡，蓋自國恩，盡從家法，承訓誨之旨，關教化之源，在家盡孝，在國謀忠，口無不可道之言，門無不義之貨財。所願者，下不欺於地，中不欺於人，上不欺於天，以三不欺為平素的志願。微賤時如此，富貴時如此，年長時如此，年老時仍然如此；事親、事君、事長、臨人之道，長久賜蒙上天的寬恕，雖然累經災難卻反而獲福，曾經身陷契丹，最後終得重歸中華，這不是人謀可得，而是上天保佑所致。待我死後，不必以珠寶含口，應該以時服斂我，並且選擇不毛之地用竹席裹葬即可，這是因為我不及古人之故。祭祀我時不要殺生，只要以特羊或不害命的物品祭祀即可。在夏商周三代時的墳前並沒有墓碑，所以不必為我立神道碑。又念我從賓佐到王佐乃至領藩鎮的時候，或有一些微益於國家的事節，都已記載在公家籍冊。自己所寫的文章篇詠，因為多事散失在外，蒐集到的，編在家集之中，其中可以窺見我的志向，知之者，罪之者，相信必定很多。現在我有田莊、有宅屋、有群書、有二子可以承襲我的志業。在此每日五盥、三省吾身，也還能日知其所無，月不忘其所能。為子、為弟、為人臣、為師長、為夫、為父，有子、有義子、有孫，奉身就已經有餘了。若說還有什麼不足，那就是不能為大君致一統，定八方，實在有愧於歷職歷官。在此時開一卷，時飲一杯，食味、別聲、被色，老安於當代。老而自樂，何樂如此！時為乾祐三年四月長樂老序云。

現在尚存五代以前的自傳，大多數都是表白自己對爵位的淡泊。從詩人揚雄的《解嘲》爲始，自傳的寫作，逐漸發展爲替隱者的生活作辯護的文章，如皇甫謐的《玄守論》，陶潛《五柳先生傳》，及劉俊的《自序》等，都趨於棄鐘鼎而就山林，其中也有作者的人生觀及思想的表達。

然而馮道詳細列舉了他的官階、頭銜以及有關他家庭的正式資料；很顯然的，馮道的寫法是史無前例的，因爲從來沒有人會在自傳中列舉他所有事奉過的皇帝，所有的官階、職務、頭銜，所有賜給他祖先的榮譽，以及他兒子們的一切官職。況且自傳的傳統一向都是鄙夷高官厚爵的，但馮道並沒有追隨這種趨勢，走向「自鳴清高」的路子。

殊不知自號「長樂老」的馮道，在感悟「人生如此自可樂」的情況下，所寫的這篇自傳，卻備受後世史家與論者的毀譽。宋代史家歐陽修，就對他竟然能在「天下大亂，戎夷交侵，生民之命，急於倒懸」的當時，自號「長樂老」，並且「陳己更事四姓及契丹所得階勳官爵以爲榮」的事情，相當不諒解。

五、終聞海嶽歸明主

郭威起兵

當馮道在外朝平居自適的同時，朝廷卻正上演著一幕屠戮元老重臣的慘劇。後漢隱帝劉承祐將攬權執政，勢焰薰天的楊邠、史弘肇伏誅之後，還想一併誅殺同是高祖劉知遠的老臣的郭威。

隱帝劉承祐密詔鄴都行營馬軍都指揮使郭崇威，會同步軍都指揮使曹威，共殺郭威。把郭威在東京的家人殺得一乾二淨，雖嬰孩亦難逃一死。

郭威到鄴都後，去煩除弊，嚴飭邊將謹守疆場，不得妄動，如遇遼人寇掠，盡可堅壁清野，以逸待勞。邊將相率遵命，遼人也不敢入侵，河北粗安。

這日正與宣徽使監軍王峻出城巡閱，坐論邊事，忽來澶州副使陳光穗，隨即延入。陳光穗呈上密書，由郭威批閱，才知道京中已生變化，他將來書藏入袖中，即引陳光穗入府署，王峻尚未知道底細，也即隨歸。郭威召入郭崇威、曹威及大小三軍將校，齊集一堂，當面宣言說：

「我與諸公拔除荊棘，從先帝取天下，先帝升遐，親受顧命，與楊邠、史弘肇諸公彈壓經營，忘寢與餐，才令國家無事，今楊邠、史弘肇諸公無故遭戮，又有密詔到來，要取我及監軍首級。我想故人皆死，我何能獨生，汝等可奉行詔書，斷我首級以報天子，才不致相累。」

郭崇威、曹威聽著，不禁失色，俱涕泣答言說：

「天子年幼，此事必非聖意，定是那左右小人，誣罔竊發，假使此輩得志，國家尚能治安嗎？末將等願從公入朝，面自洗雪，蕩滌鼠輩，廓清朝廷，以肅朝綱，萬萬不可為單使所殺，徒受惡名。」

郭威尚有難色，樞密使魏仁浦進言道：

「公係國家大臣，功名素著，現握強兵，據重鎮，以致為群小所諂構，這豈是辭說所能自解的？時事至此，怎得坐以待斃！」

翰林天文趙修己也從旁接入說：

「公徒死無益，不如順從大衆之請，擁兵而南，天意既已授公，違天卻是不祥呢！」

至是郭威意向乃決，遂留他的養子郭榮（郭榮本是姓柴，是郭威的妻兄柴守禮的兒子，郭威未生子前，撫柴榮爲子，改姓郭）鎮守鄴都，命郭崇威爲騎兵先鋒，南下東京。隱帝劉承祐聞郭威驅兵南下，委慕容彥超領兵拒郭威。慕容彥超好說大話，他向隱帝劉承祐說：

「我看北軍如螻蟻耳，請陛下侍臣擒其渠魁來見。」

但郭威的北軍沿澶州、滑州南下，所至皆降迎。抵達封丘時，東京爲之震動；因爲封丘距離都城不過百里，宮廷內外得此消息，能不相率震駭？李太后擬飛詔諭郭威，和平解決，隱帝不肯聽從。

慕容彥超一戰而潰，且險些被擒，南軍氣奪，有不少投降了郭威的北軍。隱帝朝中的文武大吏，很多也偷偷謁見郭威。郭威從魏州起兵開始，不過七天時間就攻下首都汴京，投降的人愈來愈多，慕容彥超竟率數十騎逃奔兗州，使陣前失去了指揮大員，形成了絕對的敗局。隱帝的左右也逃散，隱帝劉承祐只好單騎落荒，走入趙村，不幸被亂兵所殺。郭威聞隱帝已死，即入東京，諸軍大掠，滿城煙火沖天，號哭震地。右千牛衛大將軍趙鳳看不過去，挺身直出道：

「郭侍中舉兵入都，爲鋤惡安良起見，鼠輩敢爾，與亂賊何異！難道侍中本意，教他們這般嗎？」

郭威遂挾矢持弓，帶著從卒數十名出至巷口，遇有亂兵劫掠，即與從卒迭射，射死了好幾人，巷中居民才得安全。次日辰牌時分，郭崇威對王殷說：

「兵擾已甚，若再不止剽掠，再經一日，就要變作一座空城了。」

於是郭威下令另行部署，命將弁分道巡城，不得再加剽掠，不遵者立即斬絕。直到次日天明，秩序始定，老百姓在這一天一夜的苦難中，不知幾多人家遭受到家破人亡了。

澶州軍變

這時，在西北晉陽有劉知遠的弟弟劉崇，在東方徐州有劉崇的兒子劉贇（劉贇是高祖劉知遠的姪兒，劉知遠收爲養子），在南方的許州有劉知遠的弟弟劉信，他們分別擔任各地方的節度使，而且每人都擁有重兵，儼然是一大勢力。郭威在這時候，倘若處置不當，這劉氏叔姪就會聯兵攻打郭威，屆時郭威的地位就岌岌可危了。

於是郭威想出一項計策，把後漢高祖皇太后李太后抬出來。郭威偕王峻入宮，向李太后問安，太后已是涕泣漣漣。只是木已成舟，無法挽回，郭威也只有出言撫慰一番，而後又面奏太后，此後軍國重事，須俟太后教令然後施行，太后也不願多言，只命郭威爲故主隱帝發喪。

郭威素來仰重太師馮道的老成，此時又把正打算安養天年的馮道請回朝中。馮道率百官入見郭威，郭威立即下階向馮道下拜，馮道居然也受拜如前，並告知郭威國家不可一日無君，應該早日另擇嗣君爲是。後漢高祖劉知遠共有三子，一子早亡，另外兩個兒子，一個是開封府尹劉承勳，但癱瘓不能起床；一個是姪兒收養爲子的武寧節度使劉贇。郭威即率百官上表，立刻請在徐州的武寧節度使劉贇爲帝。

可是劉贇遠在徐州任所，由誰去迎駕呢？當然，除了馮道也沒有誰是更恰當的人選了。於是郭威又上奏李太后，請遣前太師馮道，及樞密直學士王度，祕書監趙上交，同赴徐州迎劉贇入朝。太后便即批准，頒下詔令。

馮道得詰，不免吃驚，沈思良久，逕往見郭威說：

「我已年老，爲何還使往徐州？」

郭威微笑答道：

「太師的勳望，比衆不同，此次出迎嗣君入朝，若非太師，還有誰人克勝此任？」

馮道應聲說：

「侍中此舉，果是出自眞心嗎？」

郭威悵然說道：

「太師休疑，天日在上，郭威沒有異心。」

馮道遂與樞密直學士王度、祕書監趙上交，出都南下，同赴徐州迎駕劉贇入朝。在路上馮道向王度、趙上交二人交談說道：

「我馮道生平不作謬語人，今番卻作謬語了。」

此際契丹忽然南侵，攻封丘，陷饒陽，太后命郭威領兵禦之。途次正値天晴，冬日熒熒，很覺可愛。郭威諸將乘勢獻諛，說郭威馬前有紫氣擁護而行。郭威佯若不聞，驅兵渡河，進至澶州留宿，將士數千人忽然鼓譟，擁入郭威帳中說：

「我們與劉家已經結下大仇，劉氏的子孫不可立，皇帝只有侍中（郭威）來做，我們不願再立劉氏弟子了。」

不容分說，軍士已將郭威繞住，前後扶擁，或即扯下黃旗，披在郭威身上。郭威無從禁止，累得聲勢沮喪，形色倉皇。待至衆聲稍靜，郭威才宣言說：

「你們休得喧嘩，要我還朝，也須奉漢宗廟，謹事太后，且不得擾民！從我的話則歸，不從我寧死。」

眾將士競呼萬歲，擁郭威南行，沿途禁止喧擾。到了開封，郭威上表太后，說什麼「由諸軍所迫，班師南歸，軍士一致戴臣，臣始終不忘漢恩，願事漢宗廟，母事太后」等話。

其實馮道早已知道此行要去迎駕劉贇入朝是不太容易的了，廷臣都以為郭威奏請李太后迎立劉贇，乃是出自郭威本意，只有馮道從旁窺破，知道郭威是言不由衷。可惜馮道雖是料事明而慮患深的人，卻甘為模稜苟合，所以也不當面去揭穿郭威的私心。事實上，若說澶州發生的這個軍變，不是由郭威暗中策動，誰能相信？

後周立國

歲聿云暮，轉眼新年，任駐徐州的武寧節度使劉贇，尚未得知澶州軍變，使右都牙犟廷美、教練使楊溫，居守徐州；自己與馮道等一行人往汴京前進，在途中的儀仗，很是烜赫，差不多跟天子出巡一樣，左右夾道的百姓也群呼萬歲。這個準皇帝劉贇得意洋洋，昂然前進，來到宋州。

這一日在宋州府署入宿，翌晨起床，聞門外有人馬聲，不知是什麼變故，急忙闔門登樓，看見有許多騎士，聲勢洶洶地環集在門外，為首的統兵將官揚鞭仰望，也覺得英氣逼人，劉贇驚問說：

「來將爲誰？爲何在此喧嘩！」

劉贇話還沒有說完，已聽得來將應聲說道：

「末將是殿前馬軍指揮使郭崇威，目下澶州軍變，朝廷特遣崇威到此，保衛旌行，並無他意。」

劉贇答說：

「既然如此，可以令騎士暫時退下，入城相見！」

郭崇威不答話，反倒俯首遲疑，於是劉贇遣馮道出門與郭崇威敘談。片刻以後，郭崇威才下馬入門，與馮道登樓，向這個準皇帝劉贇謁見。劉贇拉著郭崇威的手，撫慰了數語，自己竟流下眼淚。郭崇威說：

「澶州雖有變動，但郭侍中仍然效忠漢室，願奉李太后爲母，盡可不要憂心！」

劉贇稍稍放心，彼此又問答數語，郭崇威即下樓趨出。

徐州判官董裔進來見劉贇說：

「郭崇威此來，看他言語舉止定有異謀，道路謠傳都說郭威已經稱帝，陛下還往汴京深入不止，未免吉少凶多！陛下有指揮使張令超護駕，何不召入商量，諭以禍福，令他乘夜劫迫郭崇威，奪他部衆；待明日掠取睢陽金帛，北走晉陽，召集大兵以後，再行東下，料想郭威此時新定京邑，必定無暇遣兵追擊，屬下以爲這才是今日的上策呢！」

準皇帝劉贇仍然猶豫不決，董裔嘆息而出。這夜劉贇輾轉籌思不能安枕，眼看得大勢已去。在汴京朝廷的李太后，也知道劉氏的大運已將告終，乃廢劉贇爲湘陰公，以侍中郭威爲監國。但是百官藩鎮相繼上表勸進，到這時候，大勢已是如此，李太后只得下詔，授監國郭威符璽，即皇帝位，改國號曰周，史稱後周，郭威也就是五代第五代的後周太祖。後漢皇朝的高祖劉知遠在位一年，隱帝劉承祐在位三年，共有國四年（九四七～九五〇年），後漢亡。

當天，馮道入見當不成皇帝的準皇帝劉贇，奉上一書，乃是郭威寄給劉贇的，書內言兵變大略，並召馮道先歸安撫，留下王度、趙上交奉蹕入朝。劉贇也明明知道是郭威欺人，一時卻不便說破。直到馮道開口辭行，劉贇才愀然變色說道：

「寡人來此，所仰仗者唯太師一人，太師爲三十年舊相，老成望重，所以不疑，今郭崇威奪我衛兵，危在旦夕，敢問太師何以教寡人？」

馮道語帶支吾，只說待回京撫定兵變後，再行報命。劉贇的客將賈貞在一旁，瞋目看著馮道，並且舉起佩劍欲殺馮道狀，只待劉贇下令，馮道就將應劍而亡。劉贇搖手說：

「千萬不可鹵莽草率，這事跟馮太師無關，不要妄生疑忌於馮太師。」

馮道乘勢辭出，星夜馳回汴京。不兩日即有李太后的誥命傳到宋州，由郭崇威賚詔示予劉贇，令劉贇拜受。誥曰：

此者樞密使郭威，志安社稷，議立長君，以武寧節度使劉贇，為高祖近親，立為漢嗣，爰自藩鎮徵赴京師。雖誥命尋行，而軍情不附，天道在北，人心靡東，適取改卜之初，俾膺分土之命。贇可降授開府儀同三司，檢校太師上柱國，封湘陰公，食邑三千户，食實封五百户，欽哉唯命。

劉贇受誥後，面色如土。郭崇威更是絕不容情，不由分說即將劉贇迫出館外，不准留宿府署。可憐這位準皇帝做不成皇帝，這會兒卻成了湘陰公；此時鼻涕眼淚流作一堆。但無可奈何，只得由府署遷居別館，郭崇威派兵監守，寸步難移。王度、趙上交仍奉郭威命令，召還都中。

馮道自宋州馳歸，後周太祖郭威又再拜為太師，為中書令弘文館大學士，以司徒兼門下侍郎平章事。此番前往徐州迎駕劉贇不成，反倒險些喪命賈貞劍下，回汴京後又立即拜相再入中書，馮道的遭遇正應驗了他在未顯貴時所賦的一首詩，詩云：

莫為危時便愴神，前程往往有期因，
終聞海嶽歸明主，未省乾坤陷吉人。
道德幾時曾去世，舟車何處不通津，
但教方寸無諸惡，虎狼叢中也立身。

年高壽終

在五代的幾個皇帝中，郭威應該算是比較好的一位，他改革了歷代的弊政，如舊制田稅每斛多收二升，稱為雀鼠耗；犯鹽、礬、酒、麴之禁，雖然是錙銖涓滴，罪亦當死；犯盜竊者，一錢以上處死刑；盜三匹帛者亦死；姦有夫之婦，不論強姦和姦，均處死刑；又罪非叛逆，往往族誅籍沒，這些嚴刑峻罰，郭威都將之減等。

他並且通令倉場、庫務、掌納官吏，不得收田畝正稅以外的稱耗。對於屯田的土地、房舍、耕牛、農具，一律給予現在土地耕耘的農民爲永業田，所有的耕戶，從舊制藩鎮將帥手中取回，改屬州縣管轄。同時獎勵來歸，凡淪陷在契丹的漢人南來者，給予糧食、種子、耕地，並免其差役。南唐饑民北至者，也聽其糴米。又廢除病民的租牛稅（這種稅還是後梁朱溫留下來的。他從淮南戰役中，掠得的成千上萬耕牛，就分給屬地農民，令他們每年納稅，後來牛死而租不死，竟歷了五代，到後周郭威始廢）。嚴禁貪污，整肅軍紀。就這樣，使得被壓迫得透不過氣的百姓，稍稍和緩了一些。

後周太祖郭威在位四年（九五一～九五四年，年號廣順），這四年中，他遏阻北漢（北漢是劉知遠的弟弟劉崇所建立的。劉崇是劉贇的親生父親。當劉贇廢立爲湘陰公，旋被殺於宋州，劉崇就在太原建立北漢，北結契丹，自稱皇帝）與契丹的聯兵南寇，又消滅了慕容彥超的叛變。國內政治軍事，都暫時呈現出一段比較穩定的時期。

就在這時，郭威得病死了，由他的養子柴榮繼位。柴榮就是後周世宗，在五代時期，稱得上是英明有爲的政治家兼軍事家。如果說五代後唐明宗與後周太祖稱得上是英主，那麼後周世宗比起他們更要英明睿智得多。柴榮出身貧賤，他做過販賣雨傘和茶葉的小商販，走東闖西，因而深知民間疾苦。

他親眼看過州縣官的貪污瀆職，小吏的侵剝擾民。後來他依靠姑丈郭威，成爲郭威的管家，郭威一家人的生活費用，都由柴榮代爲籌措。他深知小民生計之艱難，所以他做皇帝後，嚴懲貪官污吏，改編軍隊，淘汰那些老弱無用而不能上陣打仗的羸兵，爲國家節省了一筆巨大的經費。

他一連串的政治、軍事、經濟措施，除了懲貪污、整軍隊以外，還均賦役、勸農桑、獎工商、定刑法、整飭鄉村組織、厲行各村聯防。他的鄉村組織法，是每百戶爲一團，團置耆老三人，若有一戶爲盜，全村受罰。一戶被盜，耆老受罰。如遇盜警，一村鳴鼓舉火，各村壯丁雲集。他又製訂「均田圖」，頒布諸州通令施行。取消士大夫享有免稅的特權，派遣差官三十四員，巡赴各州，徵收租賦，即使歷朝受優待的士族，甚至曲阜的孔子後代，也一樣要納稅，不稍寬假。他對流亡戶的莊田，招人承佃，並下令：三年內本戶來歸者，交還莊田一半；五年內來歸者，交還三分之一。從契丹屬地或他族回來的「蕃界」漢民，五年內來歸者，交還莊田三分之二；十年內來歸者，交還半數；十五年內來歸者，交還三分之一，以示優待。他廢棄了寺院三萬餘所，勒令僧民還俗，從事生產，銷毀銅製的佛像以鑄錢。拔擢人才，澄清吏治，整頓科舉制度，修訂「大周刑統」。他想做到人盡其才，物盡其用，刑不濫施，法不輕行，以建立一個政治清明的政府。

周世宗柴榮不獨改革內政，使刑輕政簡，而且有統一天下的雄心。他繼姑父後周太祖郭威之後，在北漢主劉崇輕視他年輕易與，大舉入寇時，奮力迎擊。原來周太祖郭威去世後，晉王柴榮祕不發喪，經過三日大殮後，才遷靈柩到萬歲殿，召集文武百官，頒宣遺制，命晉王柴榮即皇帝位，百官奉敕，遂奉請柴榮即位柩前。柴榮居喪數日，由宰臣馮道等，表請聽政，三疏乃允，見群臣於萬歲殿東廡下，始親臨政事。

親政未久，潞州節度使李筠，報稱北漢主劉崇與遼將楊袞，率兵數萬，由團柏谷入寇潞州，世宗柴榮踐阼未幾，就聞北漢契丹聯袂來犯，也有些心驚。幸虧他天資英武，不以為憂，隨即召群臣會議，決定御駕親征。馮道以為不可，諫阻世宗柴榮說：

「劉崇自晉陽奔遁之後，勢弱氣奪，未有復振之理，臣以為現在恐怕只是由潞州謠傳，李筠未戰先怯才遽行奏聞。陛下初承大統，人心未定；先帝山陵方才啓工，不應輕率親征。如果劉崇入寇，只教命將出禦即可制敵。」

世宗柴榮搖頭說：

「劉崇幸我大喪，輕朕年少新立，有呑天下之心，自謂良機可乘，可以入伺中原。現下潞州告急必非虛語，我若親自出征，庶幾先聲奪人，免得劉崇將我輕覷了！」

馮道一再固爭，世宗柴榮又說：

「從前唐太宗創業，屢次出征，朕豈怕河東劉崇？」

馮道答道：

「陛下未可便學太宗。」

世宗柴榮奮然答道：

「劉崇衆至數萬，統是烏合之數，若遇王師，可比泰山壓卵，必勝無疑。」

馮道又說：

「陛下試平心自問，果能作得泰山否？」

世宗柴榮拂袖起座，返身入內。及至親征，並不令馮道扈從，留道奉太祖郭威的山陵。此時的馮道已經抱疾在身，待到山陵禮畢，太祖郭威梓宮告窆，奉神主回到汴京，未及祔廟，馮道就在一天晚上薨於自宅。時是後周世宗顯德元年（九五四年）四月十七日，馮道生於唐僖宗中和二年（八八二年），享年七十有三。世宗柴榮聞太師馮道已薨，為之輟朝三日，冊贈尚書令，追封瀛王，謚曰文懿。

身後毀譽

總計馮道歷事(後)唐、晉、漢、周四朝，凡三入中書，在相位二十餘年，任職向以持重鎮俗爲己任，未曾以片簡而擾於諸侯。馮道既卒，時人皆共稱嘆，因其享年七十有三，世人都以謂孔子同壽。一介匹夫能與孔子同比，可見當世之人喜爲馮道稱譽之一斑。

馮道平生相當廉儉，可惜逮至晚年，閨庭之內，稍循奢靡之象。其家中有一魚池，每得魚即放於池中，其子卻常常偷偷在池中釣魚。馮道聞之不悅，遂於魚池四周築一道高牆，並在高牆中的門上加一把鎖。這項工程完成後，馮道匝繞魚池一圈，作一七絕題其門，詩曰：

高卻牆垣鑰卻門，監丞從此罷垂綸；
池中魚鼈應相賀，從此方知有主人。

此詩甚是淺近滑稽，卻由此舉可看出馮道之宅心仁厚；大抵史書說他滑稽多智，浮沈取容，所以人莫測其喜慍。有一次一個剛舉業的秀才李導，帶著禮物求見馮道，馮道見了李導，戲言說道：

「老夫名道，已經很久了，加上累居相府，秀才不應該不知才對哩！但是秀才也名『道』，於禮可對？」

李導抗聲向馮道說：

「相公是沒有寸的『道』字，小子的名是有寸的『導』字，兩個字不同，有何不對？」

馮道了無怒色笑說：

「老夫不僅名字沒有『寸』字，就連諸事也沒有分『寸』，秀才可以說是知我者了。」

由此亦可見史籍上稱他「與物無競」並無虛言。因爲馮道的一生與物無競，所以他能夠歷事（後）唐、晉、漢、周四姓十三君，且在每一朝中，都是官居侍郎、尙書、中書令、太師類之高位。馮道自號「長樂老」，在晚唐五代那樣一個干戈擾攘的變亂環境裡，不但不爲洪流沖洗而去，而且順應自如，始終不倒，福壽以歸，其「平居自適」，適應環境的本事，眞是令人佩服。但是他可能作夢也未曾想到，他的這一自適自得的「長樂老」三字，會成爲後世詬病厭惡，用以作爲諷刺寡廉鮮恥者的一個代名詞。

《懶眞子》一書中有一條關於馮道的記載：同州（陝西省）澄城縣有一座九龍廟，廟中只有一妃，當地人說此妃是馮道的女兒。夏縣司馬才仲於是在廟壁題詩說：「身既事十主，女亦妃九龍。」過客讀了此詩不禁莞爾。

揆諸歷史上的種種人物，馮道算是一個極不尋常的人，而其所以被認爲不尋常，多半也是後人加添到他身上的許多言論所致。

【下 篇】

是非爭議

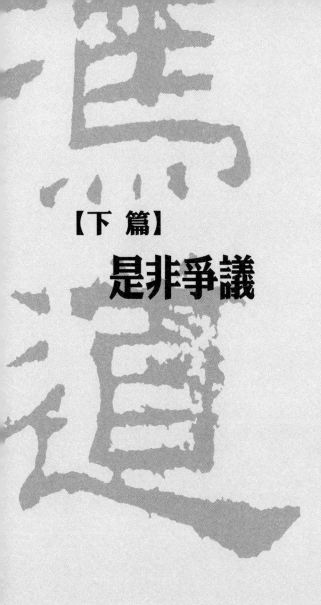

一、反面評價

眾惡之，必察焉；眾好之，必察焉。

馮道一生的史料，大約以薛居正《舊五代史》（以下簡稱《薛史》）與歐陽修的《新五代史》（以下簡稱《歐史》）中的馮道本傳，敘述得比較詳細。

宋太祖開寶元年四月，詔修梁、唐、晉、漢、周書；開寶七年閏十月，書成，是爲《舊五代史》。共一百五十卷，目錄二卷；監修者爲司空同中書門下平章事薛居正，同修者有盧多遜等。《薛史》的傳述，多採自各朝實錄。其後歐陽修私撰《五代史記》七十五卷，藏於家中。歐陽修死後，熙寧五年，詔求其書刊行，是爲《新五代史》。到金章宗泰和七年，下詔只採用《歐史》，於是《薛史》遂漸湮沒。迨至清初，詔命諸臣重修《舊五代史》，並就《永樂大典》中甄錄排纂，缺逸之處，廣採宋人書中所徵引《舊五代史》者補之，於是《舊五代史》又復爲完書，但已經不是原來舊觀了。

前面提及，《舊五代史》的傳述，多採自各朝實錄。這是因爲五代諸帝，都各有實錄，薛居正依其爲稿本，所以在一年之內可以成書。此書敘事賅備，而眞僞莫辨；文體劣弱，而書法無取；這是《舊五代史》之弊，也是歐陽修作《新五代史》的原因。

上述兩書，倘若比較以觀，互有優劣，所以不可偏廢，斯爲得之。因爲無論《舊五代史》或《新五代史》，對於我們瞭解馮道而言，都具有相當的重要性與意義。《舊五代史》保存許多馮道的行誼和言論，而《新五代史》中，歐陽修對於馮道的評價，則幾乎成爲後人論列馮道時必備的「參考書」與「範本」。

宋・歐陽修《新五代史》

㈠

歐陽修，字永叔，宋廬陵人，四歲而孤，母親鄭氏守節自誓，親自教他讀書識字。歐陽修幼年時候，即敏悟過人，讀書過目成誦。早年於廢書簏中得韓愈遺稿，苦志探索，至廢寢忘食。因此歐陽修爲文，天才自然，豐約中度，議論時，簡潔明朗，徵實通達；譬喻時，引物連類，折之於至理。所以他的文章超然獨騖，而又能折服人心，當時天下翕然尊其爲師。

他所自撰的《五代史記》，也就是通稱的《新五代史》，由於法嚴詞約，多取春秋的遺旨，蘇軾序其文：

> 論大道似韓愈，論事似陸贄，記事似司馬遷，詩賦似李白。

可以說推崇備至。識者也都以爲這是知言。

清代的史學家趙翼，在其所著《廿二史劄記》中說，《新五代史》多根據《舊五代史》而加採證，並另外增益以新意。這個新意，就是歐陽修援引道德史觀，推衍孔子作《春秋》的遺意，以作爲褒貶的旨歸。他說：

> 聖人之於《春秋》，用意深，故能勸戒切；為言信，然後善惡明。夫欲著其罪於後世，在乎不沒其實……
>
> 然後人知善惡不可逃，則為惡者，庶乎其息矣。是謂用意深而勸戒切，

為言信而善惡明也。（《新五代史》）

孔子作《春秋》的原意究竟如何，現在已經不能詳知；要之，上面的引文是歐陽修所體驗到的春秋精神。這引文見於新史的第一次論贊；因此這些文字在某種意義上，必定有其重要性與特別蘊義。概要而言，歐陽修修史的旨歸，是在不使史實湮沒的情況下，使後人能夠明辨善惡，切中勸戒。

其中不惟含有濃厚的道德意識，也含有濃厚垂訓教化的意義，可以說是漢唐以來修史的新精神。

我國的道德史觀，源流極其長遠，不過它的嚴格化，自中古以來，大約淵源於唐朝的韓愈。韓愈以道德文章著稱於世，他也曾經做過史官；而他爲人立傳的原則，大抵以其人的忠義廉潔作標準。由論睢陽戰役的人物許遠和雷萬春等，以及論不屈於安祿山的甄濟父子等事，即可推知。

歐陽修仰慕韓愈的道德文章，故亦祖述他的修史精神，將之援用於《新五代史》中，並加以發揚光大。而歐陽修大概又身受北宋翻騰起伏的政潮影響，所以褒貶人物，便往往推極於善惡。他分人物爲兩大類傳——某朝臣傳和雜傳，其動機就在以道德爲出發。他說：

嗚呼！孟子曾謂春秋時期沒有為道義而戰的戰爭，而我也以為五代時候沒有為君主全節的臣子。所謂沒有並非是連一個人都沒有，只是比較少罷了，被我蒐得的死節之士僅有三人。至於那些為人臣而不超過兩代的，就以他所仕之國繫之，我為他們作梁、唐、晉、漢、周臣傳；至於做官不只是一代，而無法以各國繫之者，我為他們作雜傳。被我收進雜傳中的，真可為君子所恥的了。（《新五代史》卷二十一．《序論》）

以人物所仕的朝代爲分類，本來無可厚非；但是不論人物有多大的作爲，不仔細體會在背後影響他的時代與背景，只要做上兩個朝代的臣子，就編入雜傳，而雜傳人物，是誠爲君子所恥的人物，裡面可就包含道德判斷的意識。這種意識在死事傳和死節傳的序論裡，更是表露無遺。歐陽修既有此意識，因此予奪之際，難免會有得失，而未必能盡合於歷史的中道。

(二)

歐陽修《新五代史》把馮道收入《雜傳》第四十二，和李琪兄弟（李珽）、鄭珏、李愚、盧導和司馬頲（本傳作司空頲）同傳，而以馮道爲首。他撰寫馮道的篇幅不少，下筆很用心；尤其在《馮道傳》前，冠以一篇《序論》，大意是在以《序論》的精神貫穿馮道傳，並以此精神作爲褒貶馮道的準的。

《序論》劈頭就引管仲的話，說禮義廉恥，國之四維，四維不張，國乃滅亡。跟著分析禮義爲「治人之大法」，廉恥爲「立人之大節」，斥責馮道失大節，所以是「無廉恥」之人。

他說：

蓋不廉則無所不取，不恥則無所不為，人若如此，那麼禍亂敗亡就無所不至了。況且身為大臣，攸關黎民生計，如果無所不取，無所不為，則天下豈有不亂，國家豈有不亡的嗎？我讀馮道的《長樂老自敘》，見他自述歷任官階榮勳與平居自適的情況以為榮，真可以說是沒有廉恥的人了；由此，當

時天下國家的情形究竟如何，也可以從而知之了。（《新五代史》卷五十四・《雜傳》第四十二）

其實五代的衰亂，自有其長遠的根由，馮道一個人沒有廉恥，應該不足以成爲構成衰亂的主因。

更進一步而言，五代之亂，大抵由於君臣上下的無廉恥，而他們之所以無廉恥，則又由於他們不知何爲廉恥；倘若上溯不知廉恥的根源，則由來長遠，要言之，他們只是此根源的花果，收其惡實罷了。

歐陽修大約知道這情形，不過爲了找一個模式以作爲批評的對象，於是找到馮道以爲典型。

歐陽修最憎恨馮道之處，就是馮道的不忠，責他不廉不恥，大約目的在爲責備不忠作好批評基礎。

在《序論》裡面，他就流露這種心態。他說：

我於五代得全節之士有三，死事之臣十有五，至於那些假儒者的外貌，而任人之國、享人之祿，並以學古自名的「怪士」就多得多了。

那些有關成全忠義之節的事情，倘若只出於武夫戰卒，那麼儒者果真沒有其人嗎？難道沒有一些高節之士，因為厭惡時局的危亂、鄙薄世況的不清而不肯出來做官的嗎？還是因為那些王天下的君主，自己德不足顧，所以無力招致他們呢？然而孔子說：「十室之邑，必有忠信！」這豈是虛妄之言哩！（《新五代史》卷五十四．《雜傳》第四十二）

由此《序論》，可見歐陽修論忠，陳義頗狹，尤須拘限於忠君忠一姓，而必須繼之以死，才能稱之爲忠。

本著他自定的道德標準，他就對馮道及其代表的一類儒者大張撻伐。在馮道傳裡，他嚴厲批評：

（馮道）及為大臣……事四姓十君，益以舊德自處……道視喪君亡國，亦未嘗以屑意。

在此標準之下，歐陽修的《新五代史》最推重王彥章、裴約、劉仁贍等三個死節的忠臣，特別爲他們撰寫《死節傳》，並且發出「五代無全臣」的感慨。歐陽修同時在《馮道傳序論》裡，用五代時一篇小說爲例，解釋怎樣才算全節。這篇小說的內容是這樣的：

有一個名叫王凝的人，家住在青州、齊州之間，官拜虢州司戶參軍，因疾卒於官。

王凝家素來貧窮，有一個孩子年紀還很小。他的妻子李氏，攜挈著他的孩子，要負著遺骸回家，往東經過開封時，欲住旅舍；但是旅舍主人見李氏是婦道人家，且又獨自攜領一個幼子，於是心裡犯嘀咕，不讓李氏住宿。但李氏顧看天色已暮，若要再去尋找別的宿頭，不知將在何處，所以不肯離去。

旅舍主人百般勸解，李氏仍然執意不去。主人情急之下，牽了李氏的手臂，要逐她出去。哪裡知道，這李氏婦人，乃是貞烈之女；只因旅舍主人碰她手臂一下，她就覺得婦節已虧。仰天長慟，嚎啕大哭說：『我是一個婦人，但卻不能守節，這隻手臂竟然遭人執握？』看著自己那隻被旅舍主人碰了一下的手臂，李氏頓然止住了哭泣。接著憤然說道：『不可因爲一隻手臂，而一併污及全身。』隨即拿起身邊的斧頭，斬斷了自己的手臂。圍在旁邊看到這幕情景的路人，見李氏爲顧全婦節，竟然這般貞烈，不禁發出連聲的讚嘆。有些男子翹起大拇指嘖嘖稱奇，女人則同情地爲之泣下。後來，這件事情被開封府尹聞知，奉陳此事於朝廷知道。朝廷賜藥爲李氏封醫傷口，並且厚厚地撫恤了李氏寡小。

歐陽修在這篇小說的最後，沈痛地書道：

「嗚呼！士不自愛其身而忍恥以偷生者，聞李氏之風宜少知愧哉！」

倘若揆度歐陽修記載王凝妻李氏事的這篇五代小說，其微意應該是：一個婦人猶且能夠守節如此，那麼一個士人，其行節究應如何，也就不言可喻了。

或許，歐陽修以這篇小說爲例，其中還抱持幾許樂觀的成分，因爲「以一婦人猶能如此，則知世固嘗有其人而不得見也」。然則，對這篇小說，我們姑且不論主角的是非如何，而揆測歐陽修以這篇小說，諷刺那些「不自愛其身而忍恥以偷生者」的深意，則歐陽修所謂「全節」的標準，未免忒甚高標而難以達到。設若我們歸納歐陽修所言與其深意，則他論史評人的原則，可得大端如後：

1. 褒貶大抵以忠爲基準，能忠則爲全節不二之人。
2. 忠君之義在事君，尤在事一姓，即所謂「死人之事」。

3.所事之君雖惡如梁朝，食其祿則須死其事，否則就是任國不知廉恥，也就是不忠。

4.處亂世而欲全忠節，可以不為其臣。

綜觀而言，可知歐陽修的道德觀念，雖然淵源有自，但是被歐陽修所賡續的道德史觀，在《新五代史》中所呈現的面貌，實已流於嚴酷的教條化，而與孔孟充滿了溫愛人情的道理，已然頗有出入；如果據此以論馮道，很可能有偏倚不中的地方。

㈢

孔孟二子，曾有許多談及為政的寶訓。褒貶人物的準的，大抵以仁義為依歸，忠則涵蘊於其中。孟子說：

> 仁，人之安宅也；義，人之正路也。曠安宅而弗居，舍正路而弗由，哀哉！

可見仁是道德的極歸，是安居的廣廈；義是道路的指標，是行路的正途。然而孟子並沒有說明正路只有一條，大約孔孟教人，「忠禮敬信」等諸德，本質上都涵攝於仁；爲信爲忠，則皆是正路之一。不明白此道理而必以忠爲全節，其道理是太過狹隘了。孔子固曾說：「天無二日，民無二王。」但卻不曾說事一君，甚至事一姓才是忠。

在孔孟理想中，大約有一個合理有秩序的社會，在朝要「賢者在位，能者在職」，在野要各工其事，盡各自的本分，所謂「盡己之爲忠」。因此孟子說：

> 上無道揆也，下無法守也，朝不信道，工不信度，君子犯義，小人犯刑，國之所存者幸也。

可見孟子論忠，是以其人是否盡其所當盡，這是以仁義爲依歸的。下面兩個例子，能使我們更清楚：

1.子張問孔子：楚令尹子文三仕爲令尹，沒有喜色；三度罷之，也無慍氣；當要離職去位時，必將舊政轉告新令尹。那麼他的表現如何？孔子回答說：「算是忠了。」

子張又問說：

「能稱得上仁嗎？」

孔子又回答說：

「不知道哩！怎樣才稱得上是仁呢？」

2.管仲謀助公子糾奪其兄齊桓公之位，公子糾失敗被殺，而管仲不但沒有殉死，反而佐助桓公。論者認爲他「未仁」。但孔子則說：

「桓公能夠九合諸侯，而不用兵戎相見，這都是管仲的力量呀！我稱許他得仁！我眞是稱許他得仁！」

又說：

「管仲佐相桓公，威霸諸侯，而一匡天下，人民至今仍受其恩賜的庇蔭；若無管仲，我將要被髮左衽了。這哪裡是那些匹夫匹婦，爲了一點小小的誠信，而自經於溝瀆所能知道的呢？」

體察了以上兩則舉例，當使我們了悟，忠是以仁義作爲依歸；也只有瞭解這道理，才會知道孔孟遊六國以干求諸侯，何以卻不以爲恥。以及孟子何以不斥伊尹五去桀、五就湯，又幽放太甲的行爲，反而稱讚他爲「聖之任者也」了。

由於宋代儒者大都陷入宋太祖的圈套（歐陽修當然包括其中），加上又懲於五代之亂，於是矯枉過正，大都以忠君作爲論臣子的先決條件。因此常有程子責唐代的王珪和魏徵「不死建成之難而從太宗」的類似言論；使得先朝名臣幾乎身敗名裂，蒙羞於下，而不知陳平、周勃之於高后；王珪、魏徵之於太宗；甚至姚崇、宋璟之於天后，都有其立身行道的大理，而不妨礙他們盡己爲忠的令譽，並不是宋代儒者所能隨便予奪的。即以宋儒所推崇的韓愈，他在憲、穆之際身爲朝臣，憲宗被弒，他卻無所表示，這豈非不忠嗎？

由此可知，歐陽修論忠，是設置固化的模式，以作爲行爲的規範和褒貶的標準，與孔子的「人能弘道，非道弘人」理論有出入，甚至相反。他的批評有重新評價的必要。

孔孟教人，君臣之際以仁義交合，所以魯定公問孔子：

「君使臣，臣事君，如之何？」

孔子回答說：

「君使臣以禮，臣事君以忠。」

至於「君欲臣死，臣不得不死」，則似非孔孟之道，而效死於殘暴之君，尤爲孟子所斥。

孟子斥責殘暴昏亂之君更甚於亂臣賊子，他斥這樣的君主是暴君、是幽厲、是寇讎、是一夫，甚至殺之亡其國，都不是弒君大逆的行爲，這是我們所熟知的道理。大抵孔孟談治國爲政，首重民生經濟，然後進而使人民安樂富裕，再進而才是講求禮樂教化，君臣承天理民的大責在此，所以孟子說：

> 民為貴，社稷次之，君為輕。是故得乎丘民而為天子，得乎天子為諸侯，得乎諸侯為大夫。

君臣爲政，一以人民爲本，也就是以仁義爲歸；君主若不以此爲職志，孟子則斥爲「賊仁者謂之賊，賊義者謂之殘，殘賊之人，謂之一夫」。諸侯大夫不以此爲職志，則說宜乎人民「疾視其長上之死而不救」。

總之，君子不以仁義治國，則小子可「鳴鼓而攻之」；君主不以此治國，則是「罪不容於死」。

至於君禮臣忠，是君臣間治事的態度，臣子徒然忠於君主而不能盡忠於其職守，恐爲孔孟所不贊許。而所謂臣事君以忠，可能指任君之事，必須盡忠職守。與歐陽修死君爲忠的觀念不同，歐陽修之忠，是極端化之忠，是忠於個人之忠。

歐陽修的意思，事昏亂殘賊如暴梁也須盡忠至死，這原則我們不敢苟同。因爲殘賊之君，殺之而猶以爲當，盡忠於他，即使能苟延其祚，但無異助紂以虐民。孟子說：

> 君不鄉道，不志於仁，而求富之，是富桀也；我能為君約與國，戰必克，今之所謂良臣，古之所謂民賊也；君不鄉道，不志於仁，而求之為強戰，是謂輔桀也。

臣子的職志，豈爲輔桀？這樣的君主讓他滅亡而不需爲他效死，效死徒然落得愚忠之譏，下焉者更博得民賊之名。孟子說：

> 不仁者可與言哉？安其危而利其菑，樂其所以亡者。不仁而可與言，則何亡國敗家之有？夫人必自侮，然後人侮之；家必自毀，而後人毀之；國必

自伐，而後人伐之。太甲曰：「天作孽，猶可違，自作孽，不可逭。」此之謂也。

可見儒家道理，不以事一夫爲是，而歐陽修反之，以此爲忠。雖說食其祿而死其事爲盡責之至，但是不識其君不可以爲堯舜，反而是殘賊，卻一一效之以死，實爲不智之極，明理的人所不爲。

當然立士立志在暴政之下，委身事虎狼以建立一些善政，其事雖亦不甚是，其心尙爲可憫，但是歸根結柢，仍不是治國爲政的正道，而況無其志而有其事呢！

孟子說，古之君子仕必有道。所謂有道，大約指行己、事君以及治國平天下都有正途。例如：孔子告訴子產，君子有四道，就是「行己也恭」、「事上也敬」、「養民也惠」和「使民也義」；孔子也曾指出有四種臣子，他說：

> 有事君人者，事是君則為容悅者也；有安社稷臣者，以安社稷為悅者也；有天民者，達可行於天下而後行之者也；有大人者，正己而物正者也。

不論孔或孟，都不以事君爲君子出仕的最高表現，所以孟子與萬章論伊尹，發揮士當以天下爲己任的思想，認爲「思天下之民，匹夫匹婦有不被堯舜之澤者，若己推而內之溝中」，因此對伊尹「就湯而說之以伐夏救民」表示讚崇；對於他爲國爲君而放太甲，孟子也認可，並且推論出賢者爲人臣而有伊尹之志，其君不賢，則可放逐其君的道理。

爲仕之途既有多條，但是歐陽修卻限爲兩途，以爲事暴君亂世，要就食祿效死，要就不爲其臣，如此才能全忠節。

食祿效死，前面已討論過；至於不爲其臣，孔孟也常提到這態度，都以世亂而去，只能稱爲清而不能許以仁，而孟子更斥「聖之清者」如伯夷狹隘，認爲狹隘之道，君子所不由。

孔孟對於處昏君亂世，曾列舉過不少人以爲典範，不必只限於「死」和「去」兩途。例如孔子說史魚的「邦有道如矢，邦無道如矢」爲直；讚蘧伯玉的「邦有道則仕，邦無道則可卷而懷之」爲君子；推崇微子的離去、箕子的爲奴、比干諫而死皆爲仁。孟子則稱伯夷的「非其君不事，非其民不使，治則進，亂則退」爲聖之清者；柳下惠的「不羞污君，不辭小官，進不隱賢，必以其道」爲聖之和者；伊尹的「何事非君，何使非民，治亦進，亂亦進」爲聖之任者；推崇孔子的「可以速則速，可以久則久，可以處則處，可以仕則仕」爲聖之時者，如此可見處亂世的正途很多，豈能以兩途爲限？

《易》云「天下同歸而殊途，一致而百慮」，歐陽文忠公執中而無權，限大道爲小徑，我們雖不敢如孟子之斥爲賊道者，但其識見似有偏蔽，該是不容置疑的，宜乎他對五代人事，只有「嗚呼」而少有稱讚。也無怪清代史家章學誠斥其《新五代史》謂弔祭哀輓文集，全不可與於著作之林了。

馮道對滅國亡君，很明顯的沒有負起將相大臣的責任，尤其對於唐明宗，他實在沒有盡忠輔助。對此而撻伐貶斥，該是恰當而合理，大約沒有人會爲他堅決辯護。但是馮道爲人，我們以爲並非純然是見利忘義和見危自保的人，他之所以被斥爲無廉恥，主要是他生長在儒學長期衰落的河北，不知什麼是無廉恥；而歐陽修的貶斥他，則又因爲歐陽修生長於儒學昌盛的時代，其道德觀念不惟清楚分明，甚至流於教條化；因此歐陽修對馮道的貶斥，就猶如在都市爲富人起巨廈的工匠批評在鄉村爲貧民蓋石屋的工匠，說他不用堅固的士敏土蓋舒適的洋房一樣。殊不知環境不同，鄉村的工匠能爲貧民蓋石屋，比居住於茅廬之人已爲滿足，又何曾想到過都市的巨廈更爲堅固舒適？瞭解這道理，相信將有助於瞭解歐陽修論馮道的得失處。

宋・司馬光《資治通鑑》

自從歐陽修撰《新五代史》，以其異常嚴格的標準，將馮道列入《雜傳》，並給予嚴厲的批判之後，馮道顯然被目爲「貳臣」與「姦臣」之尤者。後世的史家或論者，在月旦馮道的同時，不僅批評觀念的架構完全脫自《新五代史》，甚至連有關馮道一生言論行誼的背景概述文字，也全然一式援用歐陽修的馮道本傳；在介紹馮道其人的文字以後，才在其後附誌以各個史家或論者的論贊。

例如：司馬光的《資治通鑑》和清《續通志》就同樣都是前述的範式。

《資治通鑑》是司馬光等人奉詔編纂的編年體史書；上起戰國，下至五代，計一千三百六十二年，凡二百九十四卷。

這部編年體鉅著，文義繁博，體大思精，採用三百二十餘種雜史，經過十九年才撰定。司馬光自稱：

「精力盡粹於此。」

此書援以史爲鑑，故而宋神宗製序，賜名曰《資治通鑑》。

《資治通鑑》中記載馮道事，在卷二百九十一，後列國紀二十六的後周顯德元年部分（後周顯德元年為馮道卒年）。如前所述，司馬光敘述馮道事後，還一併附載歐陽修《新五代史》馮道本傳前面的《序論》，然後接著才是司馬光本人的評論。評論的內容是這樣：

臣光曰：天地設位，聖人紹述它用來制禮立法。內有夫婦大倫，外有君臣綱常；婦人從夫應該終身不改，忠臣事君只有死無貳心。這些都是人倫大道的至理。設若將之苟且廢置，那麼禍亂可就大了。（《資治通鑑》卷二百九十一）

由此觀之，基本上歐陽修和司馬光都視「君臣」、「夫婦」為人倫綱常的關鍵，並且是維繫國家社稷的關鍵。

他們兩人並認為，一旦君臣之義、夫婦之倫遭受忽棄或破壞，則正常的秩序都將脫軌失序，於是禍亂敗亡頃刻即至。巧合的是司馬光也和歐陽修一樣，將「正女不從二夫」比類作「忠臣不事二君」。

接著司馬光指出他所謂的忠臣條件。他說：

范質（《五代通錄》的作者，因為雅愛馮道而保存了馮道的《長樂老自敘》）稱馮道「厚德稽古，宏才偉量，雖朝代遷質，人無閒言，屹若巨山不可轉也」。

但是愚臣以為「正女不從二夫，忠臣不事二君」。一個女子如果行節不正，雖有閉月羞花的華色美貌，女紅織紉足以巧奪天工，也不能稱得賢淑；而為人臣子雖然多有材智計謀，即使政治行為再出色，也是不足為貴。為什麼呢？因為大節已虧之故。

況且馮道為相，閱歷五朝八姓（五朝是指唐、晉、遼、漢、周。八姓是指唐莊宗、明宗、潞王各為一姓；石晉、耶律、劉漢、周太祖、世宗各為一姓）為人之臣，任人之國，好似逆旅之視過客，早上還是仇敵相見，傍晚已是君臣相稱，像這樣朝秦暮楚，易面變辭，卻毫無愧怍之色。大節已經如此虧失，雖有小善，哪裡還值得什麼稱許呢？（《資治通鑑》卷二百九十一）

在司馬光所定的忠臣條件和歐陽修的標準相差無幾的情況下，馮道不被稱許是想當然耳的事；更嚴重的是，像司馬光這樣力言馮道不論在其任內做了多少善事，都等於沒有做，如此一筆抹殺生前私行受人稱讚的馮道，其中司馬光筆削的予奪與言下之意的苛責，就相當深重了。

然後，司馬光爲自己的批評體系作了一個假設；有人以爲從唐室亡朝以後，群雄蜂起，力爭天下。其後五代各國的帝祚，長者不過十餘年，短者只有三四年；這樣迅速興廢的帝室，即使是忠智之士，恐怕也只有徒嘆奈何吧！何況五代時候，虧失臣節的，又不是只有馮道一人，怎麼可以只單單罪愆他一個人呢？

司馬光爲自己的問題，提出解答，他憤然說道：

> 愚臣以為，作為一個臣子，應該憂公如同憂家，才算是一個忠臣；忠臣見危致命，君上如果有過，宜乎強諫力爭；國家倘若敗亡，則應竭節致死。一個智士，「邦有道則見，邦無道則隱」。要嘛！就滅跡山林，做一個隱士；不然，就優游下僚，做一個小官。可是馮道尊寵的時候，位冠三師，而且權任為諸相之首。國家存時，他只依違拱默，竊位素餐；國家亡了，他

卻圖存苟免，迎謁勸進。國家的興亡、君主的更替接連不斷，而馮道卻視若無睹，富貴自如。像他這樣的人，真可以說是姦臣之尤，難道還有其他什麼人可以和他相比的嗎？」（《資治通鑑》卷二百九十一）

或許有人認爲馮道能夠在五代貪侈、暴虐、淫亂無行的時代，潔身自愛，以其自身遠害於亂世；而且又以七十三歲高齡與孔子同齡卒歿，加上其私行素爲人稱，所以當世之人無論賢或不肖無不稱其賢善者。對於這個看法，前已述及司馬光認爲大節既已虧損，縱使有那蠅蠅小善，也不值得稱許，而將之完全抹殺。在此他更進一步舉例：

盜跖以病而壽終正寢；子路卻被醢為肉醬。若將二人相較，誰賢？

揆其微意，似在說明即使馮道以七十三歲而得善終，卻不捨其爲不忠之人。其實，馮道容或不忠，然則其履行確也歷歷可徵，似乎不容司馬光的予奪與刪抹（關於此點，不惟司馬光如此，歐陽修似乎也有刪抹馮道履行之嫌。詳後）。

最後，司馬光認爲，造成馮道不忠的原因，非止馮道一端。因爲馮道固然不忠，而當時的君主又何嘗不在幫助馮道不忠？

若要追究責過，不應只罪愆馮道一人，五代當時的君主也應負責。

爲什麼呢？因爲：

> 不正之女，中士羞恥將她娶為妻室；不忠之人，中君羞恥將他納為臣子。當馮道在佐相前朝時，前朝說他忠；等到前朝滅亡了，反顏事奉讎人，讎人卻說他明智。像馮道這樣，不啻是以社稷為墟，後來的君主不誅他、不棄他，又復用馮道為相，如此沒有原則的臣子，他哪裡肯盡忠於我，而能獲其用呢？（《資治通鑑》卷二百九十一）

所以說「非特道之愆，亦時君之責也」。

相形之下，司馬光的這一段言論，倒是比較合於情理。當然，我們也必須想到《資治通鑑》的寫作動機與寫作體式，都是針對宋代帝王而發，因此無論在語氣上、用意上，無非是要以史作爲龜鑑，冀能對帝王的治道有所資助。

所以宋神宗在書成製序時，題賜爲《資治通鑑》，意即在此。而瞭解動機以後，司馬光胸中的書法微意，便呼之欲出了。

清・官修《續通志》

大約在清乾隆年間，《續通志》的編纂者，將失節的文武官吏分爲十類，在《貳臣傳》的五代部分，共列有十八人，而他們認爲「貳臣中馮道、侯益爲尤甚」，並指責這兩人爲「懵大倫且不知恥」。

《續通志》是在清乾隆三十二年至五十年（一七六七～一七八五年）間敕詔編纂的，包括唐、五代、宋、元各朝的人物傳記。

在清廷以異族入主中國的背景，與當時文字獄甚囂塵上的情況下，《續通志》的編者一如我們所能料想得到的，頗爲重視對某朝某代忠貞的問題。因而對於那些爲人臣而辱沒了忠君節操的人，予以嚴詞譴責乃屬意料中事。

他們認爲馮道的行爲是無可饒恕的，因爲哪有一個人曾做丞相事奉過「四姓十三君」呢？

而侯益的情形，他們則認爲比較可以諒解，因爲侯益只是一個武夫，他並未像馮道裝出一副儒者的姿態。

平心而論，在某種意義上，馮道所蒙受的責難，其責任並不在那些《續通志》的編纂者；就如同歷來批評馮道的論者一樣，他們只是把宋代史家歐陽修和司馬光兩人的論斷，進一步加以推衍，然後作成合乎邏輯的結論罷了。

在《續通志》卷六百零六《貳臣傳一》中，有一段簡短的序論：

臣等謹按春秋以正名分，而其功在於懼亂賊，史之為義，所以植綱常、示懲勸，蓋綦重也……

由此《序論》文字，可見其意與歐陽修相當接近，至於馮道的《貳臣傳》則在《續通志》卷六百零七，其中對馮道生平的概述，仍是援用歐陽修《新五代史》的馮道本傳。接其後才是《續通志》編者們的評論。其評論內容如下：

按貳臣中以馮道、侯益為尤甚者。馮道閱歷後唐、後晉、契丹、後漢、後周；侯益更在中途入蜀而終於宋。

但是馮道是一個文士儒生，不僅粉飾好言以欺世，甚至自述為忠臣，而人們還將他與孔子相提並論。

由此看來，不僅馮道的罪愆特甚，而且也可以想見當時因為道德廉恥的淪喪，加上人心昏昧，以致舉當世而不知道有所謂君臣大義的。

這真是令人悲哀啊！

歐陽修寫《新五代史》馮道傳，舉管仲「禮義廉恥」四維之說以斥責馮道的無恥；傳中曾對馮道的罪狀情形，詳述無遺。所以尹起莘認為馮道「迎降賣國，販易人主，仕進之濫未有如道者」。這真是中肯的話；也很符合孔子所謂「小人之窮者」。因而特別在此表明，以作為馮道的定論。

倘若我們將上述《續通志》的《序論》與《評論》這兩段引文，予以一併合觀，則意義將更明顯而豐富。

1. 《續通志》的編纂，是根據孔子作《春秋》以正名分的筆削書法，其功用在使亂臣賊子讀史以後有所戒懼；亦即歷史的功用，在於「植綱常，示懲勸」，因此任務是非常重大的。而這一段文字，因爲放在《貳臣傳》的序論裡面，所以「貳臣」等於是「亂臣」的代名詞。

2.《續通志》卷六百零七的馮道本傳，因爲是抄錄自歐陽修的《新五代史》本傳；所以《續通志》的編寫，雖然標明了是根據孔子作《春秋》的微意，實則觀點已受歐陽修影響。例如：其中「……不特道罪滋甚，且以見當時廉恥道喪，人心昏昧，至舉一世而無復知有君臣大義者，爲可哀也」。就是明證。而在歐陽修觀點深入《續通志》編者心中的情況下，這些編者們雖然也對馮道作了評論，但卻並無卓越的創見可言。

3.在此處《續通志》編者將馮道與侯益相比類，但他們認爲馮道是一個儒者，而且位高權重，應該身負領袖天下的重大責任；但是馮道以其權位之便「迎降賣國，販易人主」。像馮道這樣視道德如草芥，目廉恥爲無物，而又濫於仕進的人物，眞不啻爲五代期間道德淪亡的表徵。因此以此作爲馮道的「定論」，誰曰不宜?

以上的疏解，大約是《續通志》編者們的意見；說是《續通志》編者們的意見，實則多是歐陽修的意見。事實上歐陽修在《新五代史》中，將馮道列入《雜傳》，並給予嚴詞厲判之後，馮道就注定了其「姦臣之尤」者的命運，而這也幾幾乎隱然被視爲千古的「定論」。

二、正面評價

在中國歷史上，朝代更迭最爲迅速的，莫過於五代。五代名義上雖上承唐，下啓宋，號爲王室遞嬗之正統，其實只是唐室藩鎮的延續，所以（後）梁、唐、晉、漢、周，前後五代共只短短的五十四年，而已有八姓十三君。就其開國元君而言，三位是胡人（唐、晉、漢）；一位是流寇（梁）；一位是募兵（周）。

歐陽修說：「五代興亡以兵」（《新五代史・康義誠傳》）。這雖是一個近乎表面的說法，但軍制與軍政的敗壞，對五代所生的作用與影響，確是較其他各代顯得更爲直接而具體。根據現存史料的觀察，當時諸朝的滅亡大致可分爲三類，計：亡於藩鎮的一代（後漢）；亡於兵變的三朝（後唐莊宗、愍帝、周恭帝）；亡於外力的三代（梁、唐、晉）。

事實上，五代可以算是中國歷史上最特殊的時代，而其變亂也是史所僅見：舉凡臣弒其君，子弒其父，兄弟相殘，人倫悖亂，強藩割據，嚴刑峻法，橫征暴斂，盡皆見於五代。而「士節」之衰尤爲空前絕後。揆其原因，不外君主之不德，學校之不興，與夫禍亂之相乘頻仍。

觀乎五代帝王皆以馬上得天下，梁太祖朱溫更以盜寇而為帝。為將者，不惜屈身以求進，既領方鎮，則以為天子無種，兵強馬壯者皆可為之。於是厚結死士，利則錄以為子，既稱其力則殺以滅口；富則招之為親；危則寇可以為父。當其時視人民疾苦，國家喪亂，如草芥糞土，無足輕重。一帝新立，諸將則爭求獻進以保祿位。風氣瀰漫，宮廷內外，君臣上下，皆以利祿為謀，賣官鬻爵，氣節一事，早已不為人所道。五代帝王既多起自戎馬，又多為胡人入主，所以剛愎自是，又無學校之教，無怪乎士節蕩然。五代先有黃巢之亂，其後朝代頻易，戰爭不已；擁立帝王，則縱兵劫掠；賞賜功臣，則重斂暴征，加以藩鎮互相攻伐，無日無之，民不死於鋒刃，則死於苛政，如此，將何暇斤斤於廉恥哉！

由以上所述五代遞嬗的情勢來看，不但說明了當時的北方中國社會，已達到了前所未有的動盪、糜爛的程度，也說明了當時的制度，已瀕臨於全部敗壞與崩潰的邊緣；至於由這些改朝換代捷若傳郵，給予當時人民所帶來的精神與生活上的痛苦，則更是不言而喻。

影響所致，使得五代的社會價值標準，呈現諸種與歷代迥然不同的特殊面貌。其中一項就是——五代君臣之義淡而政風多貪黷。

宋・薛居正《舊五代史》

五代之際，君臣之義不篤，歐陽修每論及此，輒再三慨嘆。歐陽修所著《新五代史・死節傳論》云：

> 五代之際，不可說是無死節之人，吾得全節之士三人。此三人者，或出於軍卒，或出於偽國之臣，可勝嘆哉！可勝嘆哉！

這三人就是梁王彥章、晉裴約、南唐劉仁贍。同書《死事傳論》：

> 自（梁）開平迄於（周）顯德，終始共計五十三年。而天下士之不幸而生其時，欲全節而不二者固然鮮少；於此之時，責士以死與必去，則天下為無士矣！然其習俗遂以苟生不去為當然，至於儒者以仁義忠信為學，享人之祿，任人之國者不顧其存亡，其恬然以苟生為得，非徒不知愧，而反以其得

為榮者，可勝數哉！」

又同書〈一行傳論〉：

> 「五代之亂極矣！傳所謂天地閉、賢人隱之時歟！當此之時，臣弒其君，子弒其父，而搢紳之士安其祿而立其朝，充然無復廉恥之色者皆是也。吾以謂自古忠臣義士多出於亂世，而怪當時可道者何少也？」

以上所列歐陽修《新五代史・死事傳》與《一行傳論》可以說明：五代之際，士大夫多不以名節爲重。其實此類的例證很多，在此聊舉數則以爲見證。

唐哀帝末年，遣大臣張文蔚、蘇循、楊涉、張策、薛貽矩、趙光逢等六人爲使，禪位於後梁，歐陽修作《唐六臣傳》以爲譏刺，說他們六人是「庸儒不肖，傾險獪猾，趨利賣國之徒」，後梁肇興，除了蘇循之外，其餘五人皆做了梁相，但梁太祖朱溫並不以其背義求榮而鄙之；梁初的制度，甚且皆出於張文蔚之手。後唐代梁，後唐之相也多是後梁的遺臣，較著者如趙光允相後唐莊宗李存勗；鄭珏、崔協、李琪、李愚相後唐明宗李嗣源，崔協、李愚、趙光允等，仕後梁時皆歷任顯要，而後唐自以紹述唐朝，以後梁爲國賊，尚且不以李琪等負恩事讎而用之爲相，則其餘可知。

由此可見，五代之君，很少能以名節勉勵其臣，而士大夫也不能以死報其主。循此而論，是否五代的士大夫俱皆不重操守呢？此似又不然。例如薛居正的《舊五代史・唐書趙光逢傳》：

> （後唐）同光初，其弟趙光允為平章事，時謁於私第，嘗語及政事。他日，趙光逢署其戶說：「請不言中書事」，其清靜寡欲端默如此。嘗有女冠寄黃金一鎰於其家，時屬離亂，女冠委化於他土，後二十年，金無所歸，納於河南尹張全義，請付諸宮觀，其舊封尚在。兩登廊廟，四退邱園，百行五常，不欺暗室，搢紳咸仰為名教主。

趙光逢事君雖然沒有忠貞之節，但他的私行則頗有可稱，趙光逢亦因此而得士大夫的欽仰。趙光逢既變節仕後梁爲宰相，時人也不以此爲其名節之玷而反稱譽之，可知五代的道德觀念，係以私行之優劣爲標準。

五代之際，以私行見稱而忽於事君者甚衆，其中尤著者則是馮道與張全義。薛居正所著《舊五代史》，列舉馮道的操行甚多。《舊五代史》卷一百二十六《周書馮道傳》說：

（馮）道少純厚好學，喜屬文，不恥惡衣食，負米奉親之外，惟以披誦吟諷為事，雖大雪擁户，凝塵滿席，湛如也……梁平，遷中書舍人、户部侍郎。丁父憂，持服於景城……所居唯蓬茨而已。明宗入洛……遷中書侍郎、刑部尚書平章事……一日，道因上謁，既退，明宗顧謂侍臣曰：「馮道性純儉，頃在德勝寨，居一茅菴，與從人同器食，臥則芻藁一束，其心晏如也，及以父憂退歸鄉里，自耕樵採，與農夫雜處，略不以素士介懷，真士大夫也。

以上言明馮道之事親、恬淡、儉樸。

丁父憂，持服於景城……凡牧宰饋遺，斗粟匹帛，無所受焉。

以上說明馮道的廉潔。

明宗入洛……遷中書侍郎、刑部尚書平章事。凡孤寒士子，抱才業、素知識者皆引用，唐末衣冠，履行浮躁者，必抑而置之。

以上說明馮道之務實。

唐末帝嗣位……出鎮同州。道為政閒淡，獄市無撓。一日，有上介胡饒，本出軍吏，性麤獷，因事詬道於牙門，左右數報不應，道曰：「此必醉耳！」因召入，開尊設食，盡夕而起，無撓慍之色。

以上說明馮道之寬恕。

天成、長興中，天下屢稔，朝廷無事，明宗每御延英，留道訪以外事。道曰：「……臣每記在先皇霸府日，曾奉使中山，經井陘之險，憂馬有蹶失，不敢怠於銜轡。及至平地，則無復持控，果為馬所顛仆，幾至於損。臣所陳雖小，可以喻大。陛下勿以清晏豐熟便縱逸樂，兢兢業業，臣之望也。」明宗深然之。他日又問道曰：「天下雖熟，百姓得濟否？」道曰：「穀貴餓農，穀賤傷農，此常理也。臣憶得近代有舉子聶夷中《傷田家詩》云：二月賣新絲，五月糶新穀，醫得眼下瘡，剜卻心頭肉。我願君王心，化作光明燭，不照綺羅筵，遍照逃亡屋。」明宗曰：「此詩甚好。」遽命侍臣錄下，每自諷之。道之發言簡正，善於裨益，非常人所能及也。

以上說明馮道之事君。

丁父憂，持服於景城，遇歲儉，所得俸餘，悉賑於鄉里。

契丹入汴……隨契丹北行……道在常山，見有中國士女為契丹所俘者，出橐裝以贖之，皆寄於高尼精舍，後相次訪其家以歸之。

以上皆說明馮道之仁德。

晉出帝……出道為同州節度使，歲餘，移鎮南陽，加中書令。契丹入汴，道自襄、鄧召入，戎主因從容問曰：「天下百姓，如何可救？」道曰：「此時百姓，佛再出救不得，唯皇帝救得。」其後衣冠不至傷夷，皆道與趙延壽陰護之所至也。

以上說明馮道之濟民。

透過薛居正《舊五代史．馮道傳》，我們得知馮道的私德，諸如事親、恬淡、儉樸、廉潔、務實、寬恕、事君、仁德、濟民等等，在薛居正的筆下，是具有相當的尊崇性與可觀性的。就連把馮道批評得體無完膚的歐陽修，也不得不承認：

（馮）道少能矯行以取稱於世，及為大臣，尤務持重以鎮物，事四姓十君，益以舊德自處。然當世之士無賢愚皆仰道為元老，而喜為之稱譽。（《新五代史》卷五十四．《雜傳》第四十二）

話雖如此，設若我們仔細地逐字玩味歐陽修此段敘述的筆調，將可以很有趣地發現，語意中似乎充滿了諸多的無奈、輕鄙，甚至不屑。如此，同是馮道傳，則在薛居正《舊五代史》與歐陽修《新五代史》兩相比觀對照之後，爲我們提供了中國史書「書法」具體而微的兩端縮影。

前面我們曾提到：五代之際，以私行見稱而忽於事君之義者甚多，而其中尤著者，除了馮道以外，還有張全義。張全義字國維，唐末之亂曾事黃巢。張全義雖反覆於唐、後梁、後唐之際，且自託於梁之斲喪唐室，然而史家之於張全義仍多褒詞；史家之所以對張全義多所稱述，其由無他，只因全義有過人之私行。張全義爲政明察而寬儉，出見田疇美者，輒下馬與僚佐共觀之，召田主勞以酒食。有蠶麥善收者，或親至其家，悉呼出老幼，賜以榮綵衣物。民間言張公見聲伎未嘗笑，獨見佳麥良繭則笑耳。在洛四十年，遂成富庶。因爲五代之時，方鎮大都爲政暴虐，斂下奉上，豪侈自恣，如張全義以勸農養民爲務者，誠是不可多得，其德行也確有過人之處。無怪乎論者於他仍多褒詞並多所稱述了。

相對的，五代當時，倘若私行不修，則將爲人所恥。所以薛居正就對馮道晚年的境況表示惋惜，他說：

（馮道）生平相當廉儉，但到晚年，閨庭之內，稍有奢靡之象；他的二子馮吉尤其狂恣放蕩，馮道卻無法制止，識者都以為馮道不終令譽，因此而感到嘆息。（《舊五代史》卷一百二十六）

以馮道而言，其早年操守過人，故爲世所稱譽，及至晚年稍循奢靡，人即譏其改節。薛居正所給予馮道的評價，其實就是五代時人所給予馮道的評價，也由此可從而知道當時對人物品藻的標準。

薛居正在馮道傳的最後，表示了他對馮道的總結看法，他的論贊是這樣的：

史臣曰：道之履行，鬱有古人之風；道之宇量，深得大臣之體。然而事四朝，相六帝，可得為忠乎？夫一女二夫，人之不幸，況於再三者哉！所以飾終之典，不得謚為文貞、文忠者，蓋謂此也。（《舊五代史》卷一百二十六）

單就馮道事君不忠而論，薛居正與歐陽修的意見實無二致；他們二人事君觀念，亦即宋人的事君觀念，只是歐陽修的言詞相形峻切了些。其實，以馮道的履行、學問，應該足以知忠孝廉恥爲何物，然馮道自謂孝於家，忠於國，並且以廉潔自勵，可見五代之際，士大夫之於事君的觀念，應該是與宋人有異的。

宋人之事君，以不事二姓爲忠，而注重死節，五代之人對忠貞之觀念，止於對所事之君能盡獻替之責，此即馮道所謂「忠於國」。若以五代與宋代比較，則宋人事君之義篤，而五代之人事君之義淡。推其因，不外二端，即五代國祚皆短促而創業之君皆以篡弒得國。歐陽修《新五代史・王進傳論》：

當此之時，為國長者不過十餘年，短者三四年，至一二年，天下之人視其上易君代國如更戍長無異。

又馬令《南唐書義死傳序》：

天下分裂，君無世臣，臣無定主，而視神器為蘧廬，則士之全節者無幾。

於是造成群臣「視喪君亡國，亦未嘗以屑意」（《新五代史・馮道傳論》）之現象，兼以五代之君，率以篡弒得國，自難勉勵其下以死事君，積習既久，遂成風尚。宋太祖代周，輔佐之者亦多為周之遺臣。宋太宗嘗言近世輔弼，循規矩，惜名器，持廉潔，無與范質比者，但欠世宗一死為可惜耳！王偁《東都事略・范質傳》中范質的篤於操守，而淡於事君之義，其實仍是五代之遺風。

宋・吳處厚《青箱雜記》

宋人對於馮道的評價有很多，並不僅止於史家（如薛居正、司馬光、歐陽修等）之端，另外還有許多論者（如文學家、政治家、名臣等）亦給予馮道許多正面的評價。吳處厚的《青箱雜記》卷二中，就認為馮道的詩作「雖淺近而多諳理」。馮道的詩集原有《花間集》十卷，可惜已經亡佚，比較常見的則是他的《天道》與《偶作》詩，這兩首詩作，就是被保留在《青箱雜記》之中。

窮達皆有命，何勞發嘆聲，
但知行好事，莫要問前程。

冬去冰須泮，春來草自生，
請君觀此理，天道甚分明。

《天道》

莫為危時便愴神，前程往往有期因，
終聞海嶽歸明主，未省乾坤陷吉人。
道德幾時曾去世，舟車何處不通津，
但教方寸無諸惡，狼虎叢中也立身。

《偶作》

吳處厚爲了要駁斥「世譏道依阿詭隨，事四朝十一帝，不能死節」一事，採擇馮道生平的所言所行，參相考質，以用來證明馮道未嘗依阿詭隨，並且辯護馮道之所以能夠免於亂世，乃是出於「天幸」所致（《青箱雜記》卷二）。吳處厚採擇的例證有：

1.石晉之末，與契丹結釁，懼無敢奉使，宰相選人，馮道即批奏「臣道自去」。舉朝失色，皆以謂墮於虎口，而馮道竟獲生還。

2.彭門卒，以道爲賣，已欲兵，湘陰公曰：「不干此老子事。」中亦獲免。其初郭威遣馮道迓湘陰公，道語郭威說：「不知此事由中否，道生平不曾妄語，莫遣道爲妄語人。」

3.周世宗欲收河東，自謂此行「若泰山壓卵」。馮道說：「不知陛下作得山否！」

4.契丹主嘗問馮道：「萬姓紛紛，何人救得？」而馮道發一言以對，不啻活生靈百萬。

以上前三例，都是吳處厚認爲馮道言行中「推誠任直，委命而行，未嘗有所顧避依阿」的表現。而第四例在所舉例證中，相形之下應是較爲重要的。因爲馮道以一言之善，而使中國衣冠不致傷夷，所以吳處厚認爲「俗人徒見道之跡，不知道之心；道跡濁心清，豈世俗所知耶！」

在《青箱雜記》卷二論馮道的最後，吳處厚說：

「我曾與富弼文忠公品論馮道的爲人，文忠公說：『此孟子所謂的大人也。』」

富弼是宋朝名相，約與吳處厚同時。

同時期的名人以孟子所謂的「大人」來稱譽馮道的，還有蘇軾與王安石。此事記載於宋人吳曾的文集《能改齋漫錄》。

宋・吳曾《能改齋漫錄》

吳曾《能改齋漫錄》「歐陽公論馮道乃壯歲時」條說：

孔子曰：伯夷、叔齊不降其志，不辱其身，謂柳下惠少連降志辱身矣。夫管仲降志辱身，非聖人不足以知其仁，彼元結烏足以論之，求諸後世狄仁傑、馮道庶幾焉。狄仁傑則人無異論，道自被歐陽修所詆，故學者一律不復分別，惜哉！獨富鄭公、蘇黃門、王荊公以大人稱之。

此中大意，我們在前面「反面評價」的歐陽修部分，略而述及，也無怪乎吳曾的辯護言詞中，充滿著爲馮道惋惜的語氣。職是之故，吳曾因爲覷看出歐陽修《新五代史》論列馮道有所不合理處，於是推論出歐陽修寫《新五代史》時「甫壯歲」，假使年紀再大一點寫的話，將不會是今番所見的面貌。其理由是：

「前輩謂韓魏公（琦）慶曆、嘉祐設施，如出兩手，豈老少之異歟！歐陽公出處與韓同，其論馮道，予以爲當以慶曆、嘉祐爲例，則道也庶乎有取於歐陽公矣。」

吳曾《能改齋漫錄》「歐陽公論馮道乃壯歲時」條，端是辯護馮道的讜言偉論。

明・李贄《藏書》

宋代以後，當歐陽修和司馬光的看法得勢的時候，就很少有人著力為馮道辯護。而李贄卻是少數之一。

李贄，號卓吾，又號宏甫，別號溫陵居士。係明代福建泉州府晉江縣人，生於嘉靖六年，卒於萬曆三十年（一五二七～一六〇二年）。李贄的著作有很多，評論歷史的著述有《史綱評要》和《藏書》。不過《藏書》是紀傳體，《史綱評要》是編年體。李贄通過眉批、夾批、段後評和對史文的圈、點、抹等，表達對歷史人物、歷史事件的看法。

李贄的《藏書》共六十八卷，馮道傳列入第六十八卷的《外臣》傳中，李贄並在《外臣總論》（在六十五卷）中，將外臣分成時隱、身隱、心隱、吏隱四類；吏隱的馮道，被李贄認為是「眞無所不可者也」。在敘述馮道的一生經歷後，李贄的論贊是：

> 卓吾曰：馮道自稱「長樂老子」，還真不愧是一個長樂老！孟子說：

「社稷為重，君為輕。」此言真是正確，而馮道對於此言真意必定知之甚深。因為社的意思是安民；稷的意思是養民。人民要得到安養之後，君臣的責任才能完成。倘若君主不能安養人民，而獨由臣子去安養他的人民，這樣馮道也可以算是完成了他為人臣子的責任。為什麼可以這麼說呢？

試看五代之際的朝代遞嬗，雖有兵政的沿革，卻不聞爭城之舉。所以五十多年的時間，馮道雖然經歷四姓，事一十二君並耶律契丹等，可是百姓卻不受那鋒鏑之苦。這，都是由於馮道務持安養人民之力所致。（《藏書》卷六十八）

揆諸上面所述，李贄雖然沒有表明他對馮道「經歷四姓，事一十二君並耶律契丹」，是否不忠，或無廉無恥的看法，但李贄至少認爲，在五代禍亂相乘之際，馮道身爲臣子，而能夠務持安養人民的原則，並使百姓免卻鋒鏑之苦，馮道爲人臣的責任與義務，就某一方面而言，可以算是盡到了。

清・趙翼《廿二史劄記》

及至清代，由於《續通志》的編者「按春秋以正名分，而其功在於懼亂賊」，且又承襲歐陽修與司馬光的意見，致使趙翼有感於他們對馮道所作的批評過於嚴厲，於是企圖補苴其中的欠允當處，並嘗試解釋馮道爲何能被同時代的人所尊崇。

有關清代史家趙翼對於馮道的辯護意見，在其所著《廿二史劄記》卷二十二的「張全義、馮道」條。其辯護的方法是將張全義與馮道兩人並列，同時說明。他說：

張全義媚事後梁朱溫，甚至妻妾子女被朱所亂，張全義也不以為愧；及後唐滅後梁，張全義又賄賂唐莊宗李存勗的劉后、伶人、宦官等，以保其祿位。至於馮道歷事四姓十君，視喪君亡國，更未嘗以屑意；又自稱「長樂老」，著《長樂老自敘》，敘己階勳官爵以為榮。兩人皆可謂不知人間還有羞恥一事的了；然而當時卻萬口同聲，同贊二人為名臣、為元老。

郭忠恕也對馮道說：「公是累朝大臣，誠信著於天下，四方談士，無論賢或不肖皆稱公為長者。」

馮道死年七十三，論者因此說與孔子同壽。此馮道之望重一世也。（廿二史劄記》卷二十二）

經過張全義與馮道兩人類似的經歷與評價的比照，我們可以很清楚地體會到：張全義與馮道皆屬朝秦暮楚之人，但是兩人都獲得當世的美譽，所以被仰爲名臣、元老。而且馮道身後尙繫追思，連外蕃契丹也敬信有加，足見馮道的名動殊俗，不是能夠輕易獲致的。職此，趙翼不禁提出一個「其故何在」的疑問。

蓋五代之能，民命倒懸，而二人獨能以救時拯物為念。

這是趙翼提供的解答。其實，倒不一定要在五代，在任何一個朝代，只要素行端正，其行有裨益於世道人心，應該都會獲得相當的尊敬與評價；只是因爲五代的情況比較特殊，人民生活其間，直是中國有史以來未有之慘境，加上二人能以救時拯物爲念，當然更要普受崇敬了。所以趙翼「統核二人之素行，則其德望爲遐邇所傾服，固亦有由」。

那麼趙翼對於他們兩人歷事數姓的看法是怎樣的呢？趙翼認爲，馮道與張全義歷事數姓，似乎有玷臣節，但是因爲五代的仕宦，朝秦暮楚之人，並不是只有馮道、張全義兩人，而是大多數人都是如此，因此在當時所共同的仕宦標準之下，大家已經習見爲固，自然也就毫不足怪了。趙翼並舉鄭韜光爲例，說他「自襁褓迄懸車，凡事十一君，越七十載，無官謗，無私過，士無賢不肖皆頌之」。以歷事十一君之人，而尚謂沒有官謗，可見當時的風氣，絕沒有以更事數君爲非的事。秉此而論，宜乎馮道不及衆口紛紛的訾議了。

與薛居正、吳處厚（富弼）、吳曾（蘇軾、王安石）、李贄，以迄趙翼等對馮道所作的正面評價相形之下，趙翼所爲馮道作的辯護，無疑的，要比其他論者更具說服力。而究其高明與特色，可以歸納如後：

1. 趙翼將張全義與馮道兩人同時論列，其他論者則只就馮道本身加以辯護，無所比較；而透過張全義與馮道經歷彷彿，評價相當的比照，無論孰賓孰主，都自然消除了或被誣爲「孤證不立」的危險。

2. 趙翼舉證之時，條條羅列，歷歷有徵，無形中加深印象並提升說服力量。

3. 掌握時代核心，知道民生其間，實乃中國有史以來未有之慘境；而馮道能以救濟爲心，公正處事，雖自稱「長樂老」，其實並非貌爲長厚者。值此民命倒懸的五代之亂，而馮道獨能以救時拯物爲念之一端，就足以使其德和能爲遠近所傾服。

4. 洞悉五代之際的社會價值標準，與夫仕宦無有以歷事數姓爲非者，所以不得以此訾議馮道爲不忠或無廉無恥。

清・王鳴盛《十七史商榷》

有關馮道的資料，以薛居正的《舊五代史》與歐陽修的《新五代史》較多，大抵而言，《薛史》敘事詳實，而《歐史》書法嚴謹。趙翼比較兩史，就說：

> 不閱薛史，不知歐史之簡嚴也。歐史不惟文筆潔淨，直追《史記》，而以春秋書法，褒貶於紀傳之中，則雖《史記》亦不及也。

又說《薛史》：

> 雖文筆不逮歐史，然事實較詳，蓋歐史重書法，薛史重敘事，本不可相

比。（《廿二史劄記》卷二十一）

由此可見無論是孰優孰劣，《薛史》《歐史》都是不可偏廢的。那麼，我們若以二史的《馮道傳》爲例，似看史家是否參與什麼意見。

清代史家王鳴盛的《十七史商榷》卷九十五「馮道自敘」條，正好爲我們提供了解答。王鳴盛在「馮道自敘」條一開始就說：

> 方苞《望溪集・書王莽傳》後面提到：馮道事四姓十君，竊位於篡弑武人之朝，其醜行穢言必定是很多了，然而歐陽修卻一點也沒有記載，反而轉載馮道的直言美行，說他「當時士無賢愚，皆喜為之稱譽，至擬於孔子」。歐陽修這樣的寫法，可以說是妙遠而不可測。
>
> 然《歐史》諸傳沒有論贊的多，有論贊的少，獨獨在馮道傳之前，先空發一段議論，斷定馮道無廉無恥。歐公此舉，實在是視讀者為癡人不識文章的地步。倘若揭明宗旨，則不待鉅眼就能識破他的意圖；又用王凝妻李氏故事，使馮道相形之下連巾幗都不如，尤其刻毒之至。

這段文字可說針對歐陽修《新五代史》的《馮道傳》而發，不過值得分疏之處有三：一是方苞《望溪集．書王莽傳》後認爲馮道因爲歷事四姓十君，竊位於武人篡弒之朝，既有這麼多的醜言穢行被歐陽修所不許，爲何歐陽修無一及焉，卻只說馮道「當時士無賢愚，皆喜爲之稱譽，至擬於孔子」，可見歐陽修若非出於無意的疏忽，則其書法「妙遠而不可測」就值得我們深思了。二是歐陽修爲什麼獨獨在馮道傳之前先發一序論，而用這個序論的標準（框框）套牢馮道？倘若我們不被歐陽修所矇，則馮道很可能只是歐陽修序論標準下的犧牲者，就眞的是「不待鉅眼，乃能識破」了。三是馮道如果眞是這個框框下的犧牲者，則歐陽修刻意將馮道描繪爲連一個守貞的婦女都不如的人，也實在是過於刻毒。

以上是王鳴盛覺得歐陽修《新五代史．馮道傳》殊值商榷之處。至於王鳴盛本人對於馮道的看法則是——馮道是一個鄉愿、不智與不知命者。他的意見如下：

「昔日孔子黜斥鄉愿是德之賊者，但卻沒有說鄉愿如何。直到孟子才曲意描繪先代鄉愿的口吻，以用來刺譏狂狷之人；然後一語斷定：所謂鄉愿就是『閹然媚於世者』。接著又引伸說，鄉愿就是所謂『非之無舉，刺之無刺，同乎流俗，合乎污世，居之似忠信，行之似廉恥，衆皆悅之，自以爲是』的人。孟子眞可以說宛然爲馮道描畫出鄉愿的小影。」

以上是說馮道的鄉愿。他又說：

「其實五代之際，國如傳舍，君如弈棋；像馮道一樣歷事數姓數君的人，不知凡幾，只因馮道偏偏好自矜持，且又浪得美名，加以齒德位望兼優，反而因此致令後世笑罵不已。這正好像無鹽、嫫母之類的醜女，如果太過深藏韜斂，反而予人爭妍出相搔首弄姿之嫌；加以婢媵丫嬛之輩，又爲她們塗妝抹粉，就更令觀者作嘔而不可耐了。因此馮道雖智，但是他寫《長樂老自敘》豈不是不智之舉嗎？」

以上是說馮道的不智。接著又說：

「歐陽修說馮道無恥，我以爲馮道是不知命。爲善餘慶，爲惡餘殃，這是儒者所依據的道理；有利必趨，有害必避，則是小人自全之術。若以『命』來說，這兩者都不足以爲恃。馮道周旋於五代危亂之際，最後以富貴壽考終，這是馮道的『命』；而馮道卻說他自己有術，所以能夠致此。這也就是我爲什麼說馮道不是歐陽修所說的不知廉恥，而是不知命的原因。

「有人以爲馮道著《長樂老自敘》說：『余世家宗族，本始平、長樂二郡』，『長樂』二字乃是標其郡望，馮道的意思並不是所謂『長自取樂』。我以爲《長樂老自敘》

篇中，誇張其顯榮貴盛，並自詡忠孝兩全，結尾兩句說『老而自樂，何樂如之』，明明是點出了他自己的胸懷本趣。那些雅愛馮道的人即使曲爲迴護，恐怕也難以釋免馮道的穢德。」

馮道有遺詩說：

窮達皆有命，何勞發嘆聲，
但知行好事，莫要問前程。
冬去冰須泮，春來草自生，
請君觀此理，天道甚分明。

乍看之下，馮道似乎是相當知命的了，我卻以爲馮道不知命正於此可以看出。揆測馮道的意思，明明自負能行好事，就會獲得美報。可是試看古來聖賢，無端蒙難的可多了。馮道以爲自己能行好事，就能以此操券而求責報於天嗎？

《偶作》詩又說：

莫為危時便愴神，前程往往有期因，
終聞海嶽歸明主，未省乾坤陷吉人。
道德幾時曾去世，舟車何處不通津，
但教方寸無諸惡，狼虎叢中也立身。

馮道以爲自己能立身於狼虎叢中，並取其富貴，所以誇張如此。讀了此詩，不僅令人大笑嘔噱，也令人爲之氣逆嘔噦（《十七史商榷》卷九十五）。

以上是說馮道的不知命。大抵而言，此處王鳴盛《十七史商榷》「馮道自敘」條，是針對歐陽修的《馮道傳》所作的「商榷」，他認爲馮道是「鄉愿」「不智」「不知命」者，而不是歐陽修所說的無廉無恥之徒；雖然王鳴盛並沒有刻意爲馮道辯護的意思，但是在我們看來，其實王鳴盛是爲馮道作了最佳的辯護。

尤其文中「或云道著《長樂老自敘》云『余世家宗族，本始平、長樂二郡』，長樂乃標其郡望，非謂長自取樂」，更是爲我們貢獻了相當具有創見性的說詞。古人常以其郡望之名自號，雖然此刻我們不能起馮道於九原，以期告訴我們他自號「長樂老」究竟是標其郡望，抑或是長自取樂，至少我們得保留馮道有「標其郡望」的可能性。

王鳴盛最後批評了薛居正的《舊五代史》，他說：

《薛史》第一百二十六卷，道傳獨為一卷，首尾幾四千字，似駢頓板重，然亦詳明可喜。論言：「道之履行，有古人之風；道之宇量，深得大臣之體。然而事四朝，相六帝，可得為忠乎！夫一女二夫，況於再三者哉！」其立意精當，措詞嚴令，固未嘗不妙。（《十七史商榷》卷九十五）

總而言之，王鳴盛比較商榷《薛史》與《歐史》的馮道傳，似乎較右贊《薛史》，因此他雖然不肯認同《歐史》認爲馮道無恥，卻也沒有否認《薛史》的認爲馮道不忠。

後記

(一)

觀察了「是非爭議」部分，我們所蒐集得來的歷來史家和論者對馮道所作的正、反兩面的評斷，我們已經知道，馮道從死後到近代，常成爲史家或道德家褒貶的對象。馮道生於唐末僖宗中和二年，卒於後周世宗顯德元年（八八二～九五四年）。大約在他死後的一個世紀裡，言行大都爲世人讚美；北宋以後，評論才分爲兩派。

大體說來，爲馮道所作的少數申辯，因爲資料零星、散布各籍，不像「反面」意見，大都出於「大部頭」史籍，因此在欠缺強而有力理論架構的情況下，很有被忽棄或目爲怪異而失之偏頗的危險。然而在翻檢過這些資料，並透過進一步的分類與解釋之後，我們覺得，這些資料容或散亂、瑣碎，卻也有其應有的可信性與價值性。其由無他，僅就企圖另存一說的微意，對於這個可以融會各種異見的時代而言，也是彌足珍貴的。

其實，體察前面正、反兩方的意見或批判，我們可以很大膽地說，雙方的評斷具有互補的性質。

因爲基本上正反兩方的意見並無大謬之處，而且都代表了對馮道的論斷。就反面意見而言，所有自歐陽修、司馬光以來的意見，幾乎都是繞著馮道的不忠在打轉，由於馮道歷事數君，「視喪君亡國，亦未嘗以屑意」，遂變成了不忠而且無恥之人。就某種意義來說，所有對馮道不利的論斷，誠有他的道理存在，不易推翻。至於正面的意見，雖爲馮道作了諸多辯護，卻都未指反面論斷的核心——不忠與無恥——而發，而只是針對馮道的私行私德與救時拯物的濟心，予以右讚，就這一方面而言，正面的意見，也確乎都是實情，不必置疑。

職是之故，雙方意見都成爲描繪馮道形象的要素，宜乎一併合觀，互補不足。否則任由眾口紛紜，各執一詞的極端意見，勢必永難獲致歷史的眞貌。這對馮道而言不惟不公，即對我們欲探明馮道的原貌，也是一條難以跨越的天塹。況且兼容並包正是歷史研究的必遵原則！

因爲雙方意見在先天架構上都有缺陷，即使我們採取兼容並蓄的精神，將雙方的意見予以糾合，其中先天上的缺陷，猶待我們小心翼翼地補苴。

正面的意見雖然不是直指反面意見的核心而發，至少是代表為馮道所作的辯護，只要與反面的意見合觀，就堪稱完足。

(二)

在西方的歷史觀念中，許多史家認為，史家在撰寫歷史的時候，要據實直書，盡量求其客觀，並且為了避免道德或價值判斷的主觀成分出現，敘述歷史事實時，甚至有只論事而不論人的看法。至於中國的歷史觀念，則略有不同。

中國歷史觀念的主流，我們可以稱之為「道德史觀」。我國的道德史觀，源遠流長，溯自孔子開始，因為有鑑於當時禮樂制度的隳壞，與夫道德倫常的式微，於是刪詩書、定禮樂、作春秋。《春秋》是魯國的歷史，孔子是沒有資格置喙纂寫的，但是為了「善善、惡惡、賢賢、賤不肖」，於是甘冒「罪我者，其唯《春秋》乎」的風險，傲然維繫住人與禽獸間幾希的一線。

因為孔子作《春秋》，而使亂臣賊子懼，所以我們可以很清楚地體會到，道德史觀，有使人明辨善惡忠奸、切中勸戒的功用，不僅含有濃厚的道德意識，也含有濃厚的垂訓教化的意義。

本來，史家解釋歷史，似有一貫的精神和理論體系爲可貴；這種歷史解釋，一般通稱爲「史觀」。但是史觀不是絕對的，也不一定就是推動歷史的史心；各個史家可依其習慣，而採用一種史觀，所以史觀並非定於一尊，也沒有高下優劣之分。單就道德史觀而言，史家若據此而寫作歷史，無論是探討歷史事件，抑或是月旦歷史人物，如果不能深中肯綮，拿捏得當，則很容易流於道德或價值的判斷，忽略史實之發生而不自知。史家論列歷史事件或人物，倘若包含了道德判斷的意識，則予奪之際，難免會有得失的地方，而不一定能盡合於歷史的中道。

爲了彌補這類缺失，清代史學家章學誠在其著作《文史通義》中，特別提出：一個優秀的史學家，除了要具備史才、史學、史識以外，還必須要有「史德」。章學誠所揭櫫的史德，是指著述者的心術，也就是強調史家在撰述歷史時，要能合於歷史的中道。什麼是歷史中道呢？大概可以用「忠誠公平」四字來作統括。

忠是盡己職業，誠是眞實不妄，公是不存私念，平是恰到好處。因爲盡忠是史家的職志，且以眞誠的態度來作歷史傳述，乃是史家的基本條件，亦且是太史簡和董狐筆所表現出來的第一種天地間的正氣。可是徒此還不一定就能成爲偉大的歷史家，偉大的歷史家除了具有忠、誠的正氣之外，還需要做到褒貶不存私，議論不偏倚，解釋和論斷都要恰得其當方可。

偉大的史家，必須要有正氣和史德，正氣和史德正就是歷史中道。忠誠公平是自然的天道，是渾然爲一的準則，因此把握住歷史中道，就可以究天人之際，通古今之變，縱使有相異的立場和觀點，也可以包含融會。

㈢

此外，論人固然要把握大端，所謂「大德不踰閒，小德出入可也」。但史家論人，雖其人大節已失，小善卻也不可抹殺，這就是「不虛美，不隱惡」之外的「不虛惡，不隱美」，史家能如此，才能做到公允。

歐陽修《新五代史》中記敘馮道的生活甚略，幾乎是一字不提，令人疑惑，不知用意何在。薛居正的《舊五代史》則頗有交代，使人能知道馮道爲人的始末。據歐陽修所載，馮道去劉守光而歸晉，以文學受知於監軍張承業，承業又「以其文學薦之晉王」李存勗爲河東節度掌書記，此說與《薛史》頗異，《薛史》說「承業重其文章、履行，甚見待遇」，並不徒以文學受知於張承業。所謂履行，可能是在張承業手下工作的態度和交誼，也很可能包括了家居和仕劉守光時期的行誼，《薛史》是這樣記載的：

> 道少純厚，好學能文，不恥惡衣食，負米奉親之外，唯以披誦吟諷為事，雖大雪擁户，凝塵滿席，湛如也。天祐中，劉守光署為幽州掾，守光引兵伐中山，訪於僚屬，道常以利害箴之；守光怒，置於獄中，尋為人所救免。

馮道大約在青年時代就養成不與人爭、不生是非的性格，自諫劉守光幾遭大禍之後，言行更爲謹愼，加上文章也好，所以被在官場打滾了數十年的張承業所器重，而不納周玄豹之言。

唐莊宗用人，常以門第爲先，文學其次，前後所拜四相，都出身於前朝官宦之家，豆盧革、盧程和趙光允的家世更是顯赫；韋説家世雖不及前者，但他被看重而拜相，可能與他「性謹重，奉職常不造事端」有關係。莊宗在踐祚之前重用馮道，並不因爲他的家世，事實上馮道也沒有家世可資憑藉，能爲莊宗選爲當時重用的書記，該是文章和履行已同時達到被人重視的標準，不大可能僥倖得之。非僅如此而已，馮道後來被諸帝看重，與他的履行，有莫大的關係。

晉、梁軍爭之際，軍書文翰，一以委交於馮道，馮道似乎勝任愉快，尤以拒絕爲莊宗草詔而調和莊宗與郭崇韜交爭的事情，得體而出色，於是「人始重其膽量」，可能就是莊宗不次拔擢他的原因。從隨軍掌書記到莊宗末居父喪，他生活行誼的刻苦儉約、廉潔愛人和敦睦行善，《歐史》也有記載。當時馮道名聲，雖契丹也加仰慕，「欲掠而取之，會邊人有備，獲免。」唐明宗於此時認識馮道甚深，即位之初即問馮道何在，稱讚他爲「甚好宰相」，「眞吾宰相也」，尋即拜他爲宰相，並擢爲首相。可證馮道被河東集團看重，先後爲唐晉漢周四朝大臣，雖說與他的文學有關，但主要原因似乎還在他的履行。

歐陽修確實知道馮道履行之善，可能爲了馮道大節已失，於是對他頗加非議，似有從根本否定之意，他說：

> 道少能矯行以取稱於世，及為大臣，尤務持重以鎮物，事四姓十君，益以舊德自處。然當世之士，無賢愚皆仰道為元老，而喜為之稱譽。

推敲其意，歐陽修似乎肯定一切馮道善行，都出於虛矯，而當時賢愚，都失於察人。如此斷定，不知歐陽修所據如何，要之，論人須先徹底觀察其人，觀人之道，在「視其所以，觀其所由，察其所安」，換今語來說，就是觀察人的思想動機和行爲，尤在觀察其人顚沛造次和顯達得意時的樂成和所安，必須觀人如此，才能論人允當。

其實馮道一生即立志扮演和實踐儒者的角色，也因生長環境，養成深於交際和處事的本領。張承業和莊宗器重他，很可能爲了他的謹愼而不造事端的性格；明宗拜他爲相，主要理由就是「馮書記是先朝判官，稱爲長者，與物無競」。這種態度，他一貫到死。當五代嗜殺之世，他能孝悌愛人；貪賄之烈，他能約儉濟人，「凡牧宰饋遺斗粟匹帛無所受焉」，雖晚年「稍徇奢靡」，亦僅止於「閨庭之內」，未曾外溢，一生躬行如此，實亦難能可貴。而且早年窮約時是如此，及爲大臣，仍然如此，可謂「造次必於是，顚沛必於是」了。《長樂老自敘》在敘述歷任爵位，得意之餘，他一再強調說：

蓋自國恩，盡從家法。承訓誨之旨，關教化之源，在孝於家，在忠於國。口無不道之言，門無不義之貨。所願者下不欺於地，中不欺於人，上不欺於天，以三不欺為素。賤如是，貴如是，長如是，老如是；事親、事君、事長，臨人之道。

這是他爲人處事的基本原則，雖然他智不足以知道「忠於國」，也沒有完全做到忠的標準，可是得意之時，仍不忘三不欺的原則，同文尚又切囑其死後，務要節葬從古，並自述他此時安於「時開一卷，時飲一杯，食味別聲被色，老安於當代」。按此敘作於乾祐中，距死爲時僅五、六年，可見晚年思想心境。

馮道的所以、所由和所安者如此，難怪諸帝敬爲長者，而賢愚之士仰爲元老。甚至死後，「時人皆共稱嘆，以謂與孔子同壽」。或許諸帝因粗陋不識文化而需仰仗馮道，士子或曾在兵亂之下由馮道出面鎮止救撫而敬慕他，稱讚不免出於感情。可是不論馮道果爲安於善或者利於善而行善，要之行善則一，孔子說：

吾之於人，誰毀誰譽，如有所譽，其有所試矣。

善哉，「如有所譽，其有所試」。歐陽修徒以馮道大節已失，不言他的被器重和大用也與履行有關在其先，斥他的善行爲虛矯在其後，似乎都出於偏惡之心，難以稱爲不虛惡而又不隱美，不論出於故意與否，都有不允當之處。

㈣

歐陽修批評馮道說：

當是時天下大亂，戎夷交侵，生民之命，急於倒懸。道方自號長樂老，著書數百言，陳己更事四姓及契丹所得階勳官爵以為榮。

推其言外之意，似斥馮道做事本末倒置，「無所不取，無所不爲」，只樂於爲官而棄國政於不顧。歐陽修之意我們不敢苟同，因爲馮道不是偉大的政治家，只是在五代亂世中比較突出的幹事人物，以他的持重，應當在這個時代之中，發生一定程度的影響。因此趙翼說他備受時人稱戴，大概是因爲他有拯亂救民之心和作爲。

不計他助唐明宗造成小康之局，就以歐陽修所謂「當是時」的漢和晉而言吧！賴其陰力之處確也不少。他在晉高祖時爲首相，高祖寬容節鎭貪賄殘民之事，他雖然莫可奈何，但是當時契丹占有燕雲十六州，虎視眈眈，他對外親自主持外交，使在高祖之世，兩國並無大釁；又對內主守成，人民賴以喘息。出帝不用他，遂至兵亂大起，民殘國亡，身繫胡域。張彥澤陣前叛晉，爲契丹入京先驅，縱兵焚劫，百官人民皆受摧殘，帝室亦不免受辱，幸賴馮道向耶律德光進一言，才不「夷滅中國之人」；後來晉朝臣民被羈於常山，常山兵變前後，馮道撫定之功最大。及至郭威造反入漢京，亦大肆焚掠，以爲漢大臣必推戴他，後受阻於馮道，始知難息兵，請謁太后。當晉出帝到漢隱帝之間，馮道已不在中書主政，猶陰護如此，可謂已盡其力。歐陽修於此塗炭之際，沒有明白交代馮道的陰護，不知用意如何？

要知道，生存在當時的人，天天恐怕死亡，才能眞切體會馮道的陰功，歐陽修生長於治平之世，似乎難以想像得到其時實情。《長樂老自敘》云：

> 自賓佐至王佐，及領藩鎮時，或有微益於國之事節，皆形於公籍。

大約拯時救民之事尚多，而薛、歐二史擇其大者以見罷了，時人之譽，豈會全是虛言。

歐陽修曾引用《長樂老自敘》末段兩句以介紹馮道，他說：

自謂：「孝於家，忠於國；為子，為弟；為人臣，為師長；為夫，為父；有子，有孫。時開一卷，時飲一杯，食味、別聲、被色，老安於當代，老而自樂，何樂如之！」蓋其自述如此。

言下之意，頗譏笑馮道苟安無大志。依此敘所述，馮道固然是眞心以此爲安樂，不必爲之諱。歐陽修把這段文字與「當是時」天下大亂，生民危難連起來並論，責備似乎就過分了。因爲自中唐以來，裴度綠野之樂，就成爲政亂退隱保身的楷模，歐陽修《新唐書》對此事也不加以微詞，卻獨對馮道譏嘲，豈議論因人而異嗎？再以此段引述，比較《薛史》所載全文的末段，發現歐陽修的徵引文字，似乎含有深意。歐陽修所徵引，自「孝於家」到「有孫」是一句，以下是另一句，兩句之間，他刪除了一段。這段自述如下：

奉身即有餘矣，為時乃不足，不足者何？不能為大君致一統，定八方，誠有愧於歷職歷官，何以答乾坤之施。

這是馮道自足苟安的同時所存有的自愧自憾心情。可見歐陽修斥責馮道於倒懸之際，事四姓而又榮勳階，庸碌苟安，曾無任國之志，其情甚痛切。但是對不利於其論斷的文獻，則有隱沒之嫌。以《長樂老自敘》為例，就見歐陽修但取馮道無知自傲和苟安自足之情而申大之，對於自述其立身行道的「三不欺」原則，及愧憾雖有志而力未就之處都隱去不取，若非出於抹殺，則忽略粗心之處也就嚴重了。

(五)

周世宗即位之初，親征劉旻（初名崇）成功，既鞏固了皇位，更成為後來一連串勝利和改革的張本。親征之前，馮道進諫不宜親征，說世宗「未可比唐太宗」。歐陽修記載說：

道前事九君，未嘗諫諍。

接著詳記諫諍之事，並交代最後勝利的成果。說：

果敗旻於高平。世宗攻淮南，定三關，威武之振，自高平始。

我們以爲馮道身爲宰相，當此國家新喪元首，世宗以異姓繼承大統之際，眾心未定，諫諍新天子不要輕舉，此事甚宜；而且進諫之初，誰也不能預期必然的後果，要之馮道是在盡力謀國罷了。歐陽修大約受宋帝親征澶淵的影響，又經已知此役的結果和影響，作如此記述，似有非笑馮道不智之意，使人錯覺馮道向來沒有諫諍，這次唯一的諫諍就失敗了。字裡行間，對讀者頗有暗示和強調的作用。

倘若考諸文獻，馮道的少諫諍，可能是事實，若說「未嘗」則有待商榷。馮道早年諫劉守光而被囚事，容或不算在內，他對所事的第一位君主唐莊宗，就曾拒命進諫，歐陽修卻沒有提及。（此意為何？）而且諫諍的定義果如何？死諫才算諫諍呢？抑或勸諫也算諫諍？若必如宋臣的廷諍死諫，以馮道的性格必不爲，依孔、孟之見也將不爲。因爲「事君數，斯辱矣」，所以孔子說：

> 所謂大臣者，以道事君，不可則止。

宋儒重學術而輕事功，議有不合，則死守以爭，終於釀成誤國的黨禍，而失去了諫諍的正途。歐陽修是濮議與黨爭的主角，以那時的習慣視從前的馮道，其失可從而知之。

君子之仕，在行其義，君子事君，在「務引其君以當道，志於仁而已」。馮道生於戰亂之際，又懲於劉守光事，對莊宗拒命勸諫之時，措辭和技巧已臻圓滑成熟，以後對唐明宗、晉高祖等勸諫，一是如此。據歐陽修記載，馮道常以仁義諫明宗，他以乘馬爲例，說明「凡蹈危者慮深而獲全，居安者患生於所忽」的道理；又以傳國萬歲盃雖寶貴，而不及帝王以仁義爲寶來作啓發的實例；以聶夷中《傷田家詩》來開喻明宗，使其明白傷農餓農的道理，此皆被明宗予以嘉納，甚至錄之而常以自誦。明宗成小康之治而又是五代中喜歡聽經義的胡君，大約與馮道不無關係。所以薛居正稱讚馮道，說他「發言簡正，善於裨益，非常人所能及也」。

五代之時，爲君難，爲臣亦不易。

「所謂臨亂之君，各賢其臣」，雖親信盡忠而兼大權者如郭崇韜、安重誨和桑維翰等，下場都不得好死，何況馮道只被敬信罷了。即歐陽修所稱寬仁愛人如唐明宗，亦對諫諍宰相或殺或罷，馮道何能不深以此爲戒？執宰大臣，責任在助人君理陰陽，雖事無不統，但刑獄諫察等實另有主司，不必以諫官的角色作爲馮道的標準，執宰能開陳善道，啓發人主，已算是難能可貴。

薛居正在《馮道傳》「史臣曰」中，評論馮道「履行鬱有古人之風，宇量深得大臣之體」，確稱允論。至於歐陽修使人錯覺，雖或非出故意，要之說諫諍之事，似未能達到公誠。

㈥

郭威稱兵入京，馮道阻撓他篡位的意圖，大家都加以稱讚，歐陽修則持異議，責以不忠。他說：

議者謂道能阻太祖之謀而緩之，終不以晉、漢之亡責道也。

我們以爲馮道於明宗時爲執宰，秦王之亂和愍帝之亡，責以未忠可也；但是以廢帝之滅和晉、漢之亡，責諸馮道，似可待商榷。本來國家興亡，匹夫有責，生於此時，誰也不能推卸責任。亡國之責有大小，所以春秋責帥，目的在責執宰，因爲執宰所負的責任最大。歐陽修責馮道以晉漢之亡，其實對當時實情沒有詳審，所責有過分之嫌。

表面看來，馮道自明宗以還，事四姓數君都位極人臣，所謂「在相位二十餘年」。若深入研究，卻不盡如是。《長樂老自敘》說他自己「兩在中書」，加上相後周，一共是「三入中書」。稍讀歷史的人，都知道自盛唐以還，掛「平章事」銜才算是宰相，才爲中書省政事堂的領袖。馮道在明宗時入主中書，於廢帝清泰元年，因明宗山陵禮畢，遂以「檢校太尉同平章事充同州節度使」出爲使相，雖仍掛宰相銜，實已不主中書。翌年十二月再入爲司空，似未加相銜，位雖高而不掌大政，以迄唐亡，這是他首次入中書的大概。

晉高祖立，再度入中書爲首相，天福八年五月，又以山陵禮畢，依例出爲節鎮，此後迄晉亡，雖曾加官徒鎮，就是沒有重入中書。周太祖立，三度入中書爲首相至世宗爲止，前後二十七年（九二七～九五四年），實際只執大政二十年，而未嘗爲後漢的執宰。

似乎馮道在廢帝時表面是依例罷出，其實是與廢帝造反入京之際的表現有關，爲廢帝所不滿。晉亡時候情形也差不多，一者是因爲依例罷出；一者是因爲被讒言爲「無以濟其艱難」，爲出帝不滿而罷相。當時外戚馮玉和李彥韜、景延廣用事，大臣桑維翰等或被罷或被殺，即使馮道生在中書，以他的性格，對國事也不會多加主張。因此，唐、晉之亡，馮道未能盡忠守土，有負國家方鎮之任，若就此角度責以不忠，是較合理的。若因他曾爲執政，而責以亡國重責，則中國近百年之衰弱，歷史上曾執大政而宜斥責的大臣就多了，這怎算合理呢？

漢高祖在位僅一年，馮道在他去世之前從契丹勢力下逃回來，被封爲守太師齊國公，守太師只是高位的虛官，情形與宋太祖杯酒釋兵權後的諸將類似，所以迄漢亡，他除了奉朝請外，只能「平居自適」。而且後漢立國僅短短四年，權臣史弘肇和楊邠用事於前，寵嬖郭允明、李業等專制於後，造成五代刑法最嚴酷的恐怖時代，全國上下人人自危，高祖和隱帝都不信書生，不任宰相，莫說馮道不是執政，是亦不好爲。歐陽修責馮道如此重，豈不過分。

或者說歐陽修責馮道以漢亡之責，是爲了迎劉贇爲嗣君一事。按郭威造反入京，「舉事皆稱太后誥」，劉贇未至之前，又親率群臣「請太后臨朝」，其事類似曹操的挾天子以令諸侯，只因爲群臣不推戴，又「難於自立」，才假惺惺地請太后立劉贇爲嗣君，所以歐陽修說：

「贇於漢非嫡長，特以周氏移國，畏天下而難之，故假贇以伺間爾。當是之時，天下當知贇之必不立也。」（《新五代史》卷十八．《漢家人傳》第六）

歐陽修此言，可謂事後的孔明，以此來論當時局勢，似有未當。因爲議嗣之事，雖出於郭威之請，但經由群臣議論而假太后誥令頒出，命馮道往迎。馮道也曾懷疑，歐陽修詳記此事說：

「乃遣太師馮道率群臣迎贇。道揣周太祖（郭威）意不在贇，謂太祖曰：『公此舉由衷乎？』太祖指天爲誓，道既行，謂人曰：『吾平生不爲謬語人，今謬語矣！』」（《新五代史》卷十八．《漢家人傳》第六）

可見馮道是被逼而去，甚至太后之誥和群臣之議，很可能也是被逼而爲。議論出於群臣，誥令出於太后，再加上郭威的「指天爲誓」，因此馮道雖疑，亦無可奈何，而事變之快，確也出乎意料。歐陽修身爲後人，固然清楚地知道後果如何，要之馮道當時，卻不一定能準確地預料得到。

即以奉迎嗣君之事來說，劉贇因太后之命和馮道數十年的聲望而啓程，行至宋州，郭威在澶州兵變，回師監國。王峻遣郭崇（《舊五代史考異》作郭崇威）率軍衛贇，而郭威則「以書詔道先歸，留其副趙上交、王度奉贇入朝太后」。馮道離開宋州時，以宰相蘇禹珪爲首來宋州接替馮道奉迎嗣君的第二隊似乎還未到達，很可能蘇禹珪之來，與劉贇的被幽禁、降爵和殺害頗有關係，郭崇不過是執行者罷了。可惜馮道的副使祕書監趙上交，和直學樞密使王度等，《薛史》《歐史》都不爲立傳；蘇禹珪身爲宰臣，漢王時頗可注目，《歐史》亦不爲他立傳，《薛史》雖有傳，可惜今本殘缺，沒有記載此事；只能散見於其他篇章。

就事實言之，郭威之所以事先召馮道離宋州赴京師，可能已有殺害劉贇的計畫，所以調開馮道以免受阻。郭威篡漢，疑其早已有熟計，不過他挾太后以令群臣，手段高明而不遺逆跡。馮道雖疑亦無可奈何，成爲一著被利用的棋子，若責以亡漢，似嫌過於苛嚴。

就制度來說，馮道在晉、漢敗亡之際，都不是身爲大政的執宰。宰輔權力自中唐以來屢被剝奪，五代之時，雖首相也往往不及樞密使權重，讀晚唐、五代史者都知道。清代史家錢大昕曾就制度而對馮道的環境有所諒解，他說：

蓋五代之際，政由樞密。其居相位者，無過頑鈍伴食之流，朝政不由己出，雖尋常文書，亦不復關白。名為宰輔，實同庶僚，李愚所謂「吾君延訪，鮮及吾輩」是也。上既不以匡弼相期，而下亦不以廉恥自立。世徒譏馮道「視喪君亡國，未嘗以屑意」，詎知道在相位，固未嘗一日得行其志也。

爲宰輔猶受抑如此，不爲宰輔或只奉朝請則可從而得之。爲臣之難，歐陽修也曾感嘆：

自古治君少而亂君多。況於五代，士之不遇者，可勝嘆哉！

嚴責敗亡於匹夫，確是難以爲當。其實晉、漢之亡，雖有大聖而不足以救其必亡，孟子說：

天之所廢，必若桀紂者也，故益伊尹、周公，不有天下。

何況區區馮道。

(七)

本節所提，是有關《歐史・馮道傳》的兩處失誤。第一處是歐陽修說：

「道相明宗十餘年。」

其實馮道始拜相在明宗天成二年春正月（九二七年），明宗在長興四年十一月崩（九三三年），所以馮道只作了明宗七年的宰相，連清泰元年一併統計在內，也不過只有八年而已。此事給人的誤會，略如說馮道爲相二十餘年，使人不能確知馮道執政的情形，可說得上是史家的嚴重失誤。此猶不過是其小者，比較嚴重的，還有印經的事情。

印經的事，《歐史》沒有記載，《薛史》則有傳述：

時，以諸經舛繆，與同列李愚委學官田敏等，取西京鄭覃所刊石經，雕為印板，流布天下，後進賴之。

這次印經實具有時代意義，不僅是中國官方第一次大規模的雕版印刷經書；而且流布面廣大，宋朝採爲監本，影響宋明學術很大，在中國文化史上，具有一定的影響地位。雕本正式建立，在唐明宗長興三年二月辛未：

中書奏請依石經文字刻九經印板，從之。

所以又稱「長興板本」。歐陽修身在北宋，去後唐約一個世紀，但《歐史》卻無交代。或許歐陽修大約認爲馮道既非印經的始建議者，也不是實際工作者，所以不把功勞記於馮道。其實不然，蓋因建議由中書提出，當時馮道和李愚都在中書，而馮道則是首相，因此押銜必以馮道爲首。大抵馮道、李愚二人都好古，在中書閒談之後，遂提建議，可惜《薛史》殘缺，無從詳審，《冊府元龜》取材多因《薛史》，下面的記載，或許取自《薛史》：

先是，後唐宰相馮道、李愚重經學。因言漢時崇儒有三字石經，唐朝亦於國學刊刻，今朝廷日不暇給，無能別有刊立；嘗見吳、蜀之人鬻印板文字色類絕多，終不及經典，如經典較定雕摹流行，深益於文教矣，乃奏聞。敕下儒官田敏等考較經注。

李愚在明宗長興二年三月拜相，廢帝清泰元年十月罷相，為相約五年，此後一直不再拜相。馮道則不然，他在長興時已為首相，雖然較李愚早五個月罷為使相，不久仍入為晉高祖首相，後來又為周太祖首相，一直至周太祖廣順三年六月板成獻上為止。

若就提議來說，長興三年四相名位依次為馮道、趙鳳、王建立和李愚，所以正式發起以馮道為首，似無疑問。凡事有計畫然後才有執行，沒有中書的建議，田敏等實際工作人員則無可工作；即可工作，若無有力者支持，亦難以竟其功。田敏容或以國子祭酒總校刊之事，但校經各有專儒，謄抄雕板亦有專人，並非賴一人之力。所以唐石經雖由唐玄度覆定字體以勒石，但世人卻只稱鄭覃刻石經而已。何況雕本由始迄終，似得馮道的支持和策勵甚多。茲略述如下：

田敏由開始至完成，一直主持校勘工作，而職官的遷升亦與此有關，似出於馮道的支持。長興時馮道等委他校雕九經，及至晉高祖易代，工作沒有中絕，似與馮道再入中書有關，否則胡君不識文化，中途絕之亦不無可能。尤其在天福四年，馮道進爲「司徒兼侍中」，兼執中書和樞密兩印；不久又兼爲「諸道鹽鐵轉運等使」，集政、軍、財大權。拔田敏爲「國子祭酒兼户部侍郎」，疑與解決工作的財政有關。出帝天福八年三月庚寅，田敏就以「印本五經書上」，於是在天福八年十月甲寅，「以國子祭酒兼户部侍郎田敏充宏文館學士判館事」。按宏文館自唐代以來在門下省，大學士例爲首相兼任，號爲館主，當時馮道就是以首相爲館主。「判館事」常以門下省給事中出任，田敏不是省官，此事可見馮道的重視，其遷調可能與方便雕經有關。

漢祚僅四年，馮道沒有入主中書，而田敏則遷爲尚書右丞，似仍主雕板之事。周太祖廣順元年正月，再拜馮道爲「中書令宏文館大學士」，翌月田敏即遷爲左丞，同年七月，又令田敏以左丞「兼判國子監事」，直到板成獻上爲止。四個月後，田敏遷爲太常卿，南郊大祀，馮道以首相爲「南郊大禮使」，田敏即爲「禮儀使」。後來太祖崩，馮道爲「大行皇帝山陵使」，田敏又爲「禮儀使」，可見二人關係密切。而且田敏校經，「先經奏定而後雕刻，乃分政事堂廚錢及諸司公用錢，又納及第舉人禮錢以給工人」。五代君主都是武人，有些甚至不喜儒生，「奏定」之時，大抵非君主核審，可能以在相位最久而又以經術自任的馮道過目；至於調動「政事堂廚錢」、「諸司公用錢」及「及第舉人禮錢」來作經費，更非宰相不可。那麼田敏長達二十二年的工作，其推動支持，應與馮道有莫大的關係，所謂「幸遇聖朝，克終盛事」，大體兼指此事有感而發的。後人把雕板監本經書加美馮道，實未爲過譽。《宋史》說歷代書籍「莫富於隋唐」，並對五代至宋文化發展的契機評述如下：

> 舊書之傳者，至是蓋亦鮮矣。陵遲逮於五季，干戈相尋，海寓鼎沸，斯民不復見詩書禮樂之代。周顯德中，始有經籍刻板，學者無筆札之勞，獲睹古人全書。然亂離以來，編帙散佚，幸而存者百無二三，宋初有書萬餘卷。

宋初承自周的三館，始有藏書萬餘卷，九經卷帙合起來已占相當，可證雕刻經籍實爲當時盛事。後來雖經宋朝君臣搜求，但是《宋史》所謂「時汲汲於道藝，輔治之臣莫不以經術爲先務。學士搢紳先生談道德性命之學，不絕於口，豈不彬彬乎進於周之文哉」，其變化契機，實與刻經流播，使「學者無筆札之勞獲睹古人全書」之功有大關係，此亦近代中國倫理文化奠基的肇端。歐陽修於刻板印經一事，片言未提，甚令人疑惑。

(八)

大抵言之，歐陽修效《春秋》作褒貶，是懲於五代的喪亂，用意佳而法度嚴，可惜勸戒垂訓之旨過於濃厚，雖能自成一家之言，勝於《舊五代史》，但是歷史終究不只限於為道德作龜鑑，刻意強調則必矯枉過正。

讀《宋史》歐陽修本傳，常覺歐陽修青年時論事過於意氣，從他想支持范仲淹，卻貽書責司諫高若訥，謂其「不復知人間有羞恥」一事可以知之。《新五代史》是他早年私撰，所以論人不論事的態度亦可從而知之。因此吳曾說歐陽修若在中年以後才撰此書，議論將不會如此峻切。

《歐史．馮道傳》議論的極歸在於論忠，而歐陽修把大臣盡忠之道從死國之事轉為「死人之事」，所以有「主在臣在，主亡臣亡」的死君觀念。根據這觀念，他發現五代有許多人，特別是儒者，其行事有重新批判的必要。《歐史》的修撰，大概由於這種心理的動機，因此評論之際，這觀念往往散見各篇論贊。又大概因為與他這種道德觀念不合的人很多，因此就以事四姓十君而為相最久的馮道作為此類型人物的樣板，並加以嚴厲的批評。所以他在馮道傳《序論》裡劈頭就提出四維，跟著斥責馮道的無廉恥，以作爲此類人物的代表，最後引出李氏的故事以作爲全節的典範。知道歐陽修這觀念的一連串推行，才可以瞭解他撰寫《馮道傳》的筆法和結構。

總括來說，歐陽修給予馮道的批評，最後還是歸於貶斥。他首先忽略了馮道早期也因履行而被器重之事。接著交代他的修身待人和爲政事君的善行，表示不沒其史實；但是隨即列述馮道事四朝之事，並評定他「少能矯行以取稱於世」，似否定前面所述的一切行誼；責以「事四姓十君益以舊德自處」，就是爲《序論》所說的失節無廉作張本。而後，歐陽修又暗示馮道在晉、漢傾亡之際，宜負亡國大責，至於指責他「視喪君亡國，亦未嘗以屑意」，亦有批評他不忠之意。對於喪亂危亡之時，馮道卻作《長樂老自敘》，「陳己更事四姓及契丹所得階勳官爵以爲榮」，似意在責他的無恥。然後敘述他未嘗諫諍，諫世宗而不中，意非馮道的不智。最後說時人「喜爲之稱譽蓋如此」，似有力排眾議，以爲眾人皆醉我獨醒之意。

綜觀全篇，歐陽修實早已具有一個論斷標準（框框？）然後才撰寫其傳，所以裡面有失之武斷的地方，如批評馮道矯行者是也；有依照已有論斷取材而掩蓋或不理會不利於自己論斷的資料處，如徵引《長樂老自敘》及不介紹他早期履行者是也。因此，《歐史．馮道傳》的撰述，我們實難稱其公允。

其實議論人物，先要使他復歸於他應占的歷史地位。歐陽修論馮道，其失在於從宋人的精神觀念去視前人，把所要議論的人物過分當代化。我們以爲議論人物，當代化的地方難以完全避免，也不必避免，要之在不使其過分；而且批評之前，必須先由該人物的時代及影響此時代的背景入手觀察體會，如此才能使他復歸應有的地位而議論允當。

馮道生長於晚唐五代。五代之事，歐陽修時仍然常常聽到故老提及，其失序喪亂，《歐史》也常加痛論，以爲「自古未之有也」。歐陽修責馮道不忠於君，不知當時世人大都不以事貳君爲不忠，所以子弒父，臣篡君；藩鎮反叛，伍卒易帥，層出而不以爲怪。大約自中唐以來，其風漸熾，至馮道之時已歷一個半世紀，積習已深，孟子所謂「行之而不著焉，習矣而不察焉，終身由之而不知其道」。

瞭解自中唐以還廢帝弒君常作而朝廷大臣噤口束手，即瞭解五代何以舉世不以事貳君爲不忠了。

五代樞密之權凌駕宰相，而嬖寵橫暴過於唐，天子又動輒罪大臣以結黨營私。這都是中唐以來的大患，雖所謂「聖相」如裴度，亦只能作綠野隱退，何況百年後的馮道，能不「尤務持重」？

當天下貪利枉殺，視民命如草芥之時，馮道卻能儉約自持，撫眾愛人，庶民賴以喘息者不知幾許，宜乎備受稱讚。要從此角度看，才能使馮道復歸於歷史地位，才會正確地瞭解五代和馮道此人。

馮道雖然有使人同情的歷史背景，也有令人稱讚的好處，但是把他和孔子並論，確嫌過分。我們以爲他「邦有道，穀；邦無道，穀」，終身爲無恥而不自知，則不徒無恥，而且無智，君弒而賊不討，國亡而力未盡，則是不忠。無恥或可原諒，不智不忠，誠不能寬宥，這都是實情，至於責他無廉無恥，無所不取與無所不爲，則不知馮道的爲人宗旨，確有所不爲和有所不取處，遂不免失之苛嚴了。

況且世運如此，何可更以節義廉恥責當時之人物（以上有關討論《歐史・馮道傳》得失部分，參閱雷師家驥《馮道評傳》一文，該文分刊《鵝湖月刊》第一卷十、十一、十二期）。

(九)

五代是個特殊的時代，從唐末一直到整個五代，情勢可說前所未有，而那一代人們的所作所爲幾乎都是脫離常軌的。然而歷來的史家與論者，似乎一直未曾重視馮道所處時代的特殊性，於是五代一向被視爲是唐代的延續或宋代的前奏。直到近代才有比較系統化的研究，開始顯示出這個時期作爲社會與政治巨變期的意義，也才給那混亂時期的表面，加上了新的境界。

五代這個不穩定的過渡局勢，總共維持了五十三年，緊接著五代而立朝的是宋代；再經過十八年「十國」的局勢也告終。宋代儒家的史學家們，爲了建構宋代乃是「正統」合法的理論，於是連帶的必須解釋五代的「正統」地位（歐陽修名著「正統論」及蘇軾同題的一文中，顯示了宋代歷史學家的主要爭論。在歐陽修之前，關於後梁是否為正統，以及究竟只有四代或五代的問題，已經辯論了大約一個世紀；這個問題甚至到了北宋「五代」一詞普遍應用之後，仍未獲得解決）。既然都是「正統」合法的地位，宋儒認爲將儒家之治的種種標準，應用到五代的身上是當然而順理成章的。再加上宋代儒學的復興，於是以嚴守禮義忠信的儒家之治的標準，來審視馮道這類人物，對宋儒而言，其背義不忠也眞是駭人聽聞的了。

在此標準之下，宋代寫馮道傳記的人（尤指歐陽修），把他們所持有的儒家對朝代一脈相承的看法，用到五代史上去，馮道不尋常的生涯是無法忽視的——他必須被評價、被歸類——而在宋代「新儒學」思想的規範之內，他的作爲顯然是無容寬宥的，甚至是無恥可憎的。所以歐陽修的《新五代史》，特別指出馮道是那期間道德淪亡的表徵，歐陽修同時在《序論》中闡明忠君與全節的定義，並且悲嘆那時的儒者都缺乏這種德行。接著司馬光在《資治通鑑》中引伸這種說法，並且力言不論馮道做了多少好事，都等於沒做，因爲「君子有殺身以成仁，無求生以害仁」，則馮道縱有小善，何足道哉！

這些話對生前受人尊敬的馮道來說，無疑是相當深重的。馮道在他與同時代的許多人心目中，是一個有操持的儒者，一個有節制的人，一個模範的丞相；甚至在他死後幾近一百年間，仍有人傳誦。不幸的是，自歐陽修、司馬光對馮道發出悲嘆，並進行嚴厲的批判之後，歐陽修和司馬光的看法，幾乎成了唯一的「定論」與「典範」。

在此，我們要承認的是，儒家的價値體系一直到今天爲止，仍應擁有它的尊崇性與實用性。不過，我們要說明的是，儒家價値體系的發展，並不純然是定於一尊的，它會隨著時代的遷易而更新它的面貌；換句話說，它就應該隨著時代的變動而做彈性的調適。

循此，我們倘若秉持歷史研究「設身處地爲古人著想」的寬容原則，那麼司馬光與歐陽修以宋代的標準，加諸馮道的身上而做的批判，就比較可以理解其中的得失之處。另一方面，馮道不知道自己是活在一個過渡時代，而社會、政治及儒學價值上的重大變遷即將發生；當然馮道也不可能預見一種更爲高標的儒家思想，會在他死去一百年後發展演衍。他冀望別人視他爲儒者，卻不明白當時儒家思想會被後世目爲無用而淺薄；會被更嚴厲、更有力的新教條所代替。他自以爲「孝於家、忠於國」，卻絕想不到會受後世正統思想的批判，因此他對他那時代的些微貢獻自然也不足一顧。職是，當宋代與其後世的人們，一心一意要給儒家傳統賦予新活力的時候，爲什麼會對馮道那種「軟弱」的儒家思想不能容忍，也就同時可以獲得理解了。

附錄——年表

年號	西元	年齡	事蹟
唐僖宗中和二年	八八二年	一歲	朱溫背叛起義軍投降唐政府，改名朱全忠。 「長樂老」馮道出生於瀛州景城，字可道。
唐僖宗中和三年	八八三年	二歲	李克用擊敗黃巢。
唐僖宗中和四年	八八四年	三歲	黃巢起義失敗。 「上源驛事件」，晉王李克用和梁王朱全忠結仇，從此爭戰三十年。
唐僖宗光啓元年	八八五年	四歲	李克用進逼長安，唐僖宗逃離首都。
唐僖宗光啓三年	八八七年	六歲	李茂貞據鳳翔，岐國興起（八八七

			～九二四年）。
唐僖宗文德元年	八八八年	七歲	唐僖宗回長安。
唐昭宗大順二年	八九一年	十歲	王建據成都，前蜀國興起（八九一～九二五年）。
唐昭宗景福元年	八九二年	十一歲	楊行密據淮南，吳國興起（八九二～九三七年）。
唐昭宗景福二年	八九三年	十二歲	王潮占據福州。 錢鏐據浙江，吳越國興起（八九三～九七八年）。
唐昭宗乾寧二年	八九五年	十四歲	李克用稱晉王。 劉仁恭據盧龍，燕國興起（八九五～九一三年）。
唐昭宗乾寧三年	八九六年	十五歲	李茂貞攻打長安，唐昭宗逃。 馬殷據湖南，楚國興起（八九六～九五四年）。

			劉隱據廣州，南漢國興起（八九六～九七一年）。
唐昭宗乾寧四年	八九七年	十六歲	王潮死，王審知繼起，據福州，閩國興起（八九七～九四五年）。
唐昭宗光化元年	八九八年	十七歲	唐昭宗返回長安。
唐昭宗光化三年	九〇〇年	十九歲	宦官控制唐昭宗。
唐昭宗天復元年	九〇一年	二十歲	唐昭宗復位，又被韓全誨劫往鳳翔。
唐昭宗天復三年	九〇三年	二十二歲	朱全忠保護唐昭宗返長安，大殺宦官。
唐哀帝天祐元年	九〇四年	二十三歲	朱全忠挾持唐昭宗至洛陽，又殺死唐昭宗，立昭宣帝。
後梁大祖開平元年	九〇七年	二十六歲	朱全忠（溫）稱帝，建立後梁（九〇七～九二三年），唐亡，五代十國混戰開始。

後梁大祖開平二年	九〇八年	二十七歲	高季昌據荊南，南平國興起（九〇七～九三六年）。 契丹攻雲州。 朱溫封馬殷爲楚王，割據湖南。 晉王李克用含恨病卒，圖滅後梁之志未竟，李存勗繼位。 契丹遣使至開封，欲聯合後梁攻滅沙陀。 吳王楊渥被徐溫所殺，徐溫在吳國專政。
後梁大祖開平三年	九〇九年	二十八歲	朱溫封劉隱爲南平王，割據嶺南。 朱溫封王審知爲閩王，割據福建。
後梁末帝乾化元年	九一一年	三十歲	高邑之戰，晉軍大敗梁軍主力。
後梁末帝乾化二年	九一二年	三十一歲	朱溫在流血政變中被殺，朱友珪矯詔稱帝。

後梁末帝乾化三年	九一三年	三十二歲	劉守光據幽州稱帝，國號大燕，建元應天。 朱友貞、楊師厚討伐朱友珪，朱友珪兵敗自殺，朱友貞返回開封即位。 晉滅燕。 後梁封高季昌爲渤海王，割據荊南。
後梁末帝乾化四年	九一四年	三十三歲	南詔攻打前蜀黎州，失敗。
後梁末帝貞明元年	九一五年	三十四歲	前蜀攻岐，取階、成、秦、鳳州。
後梁末帝貞明二年	九一六年	三十五歲	晉攻打後梁。 契丹王耶律阿保機稱帝，建立遼，是爲遼太祖。
後梁末帝貞明三年	九一七年	三十六歲	劉巖據嶺南稱帝，國號大越，建元乾亨，定都廣州，次年改國號爲

後梁末帝貞明五年	九一九年	三十八歲	漢。 吳、吳越議和。
後梁末帝龍德二年	九二二年	四十一歲	晉擊敗契丹。 高麗王建自立爲王，復稱高麗國。
後唐莊宗同光元年	九二三年	四十二歲	後梁封錢鏐爲吳越國王，定都於杭州。 晉軍攻下大梁，朱友貞自殺，後梁亡。 晉王李存勗稱帝，建立後唐（九二三～九三六年），改元同光，定都大梁後遷都洛陽。
後唐莊宗同光二年	九二四年	四十三歲	後唐滅岐。 吳越向後唐納貢稱臣。
後唐莊宗同光三年	九二五年	四十四歲	蜀帝王衍向唐軍投降，後唐滅前蜀。

後唐明宗天成元年	九二六年	四十五歲	孟知祥據西川，後蜀國興起（九二五～九六五年）。 契丹滅渤海國。 後唐魏博兵變，李存勗中流矢而死；李嗣源即皇帝位，改元天成。 契丹遼太祖耶律阿保機病逝於扶餘城，德宗耶律德光繼位。
後唐明宗天成二年	九二七年	四十六歲	楚王馬殷建立楚國。 吳王楊溥正式稱帝，改元乾貞。
後唐明宗長興元年	九三〇年	四十九歲	南漢攻打交趾、占城。 契丹東丹王突欲越海投唐。
後唐明宗長興二年	九三二年	五十一歲	馮道、李愚奏請刻印九經，大量發行。
後唐明宗長興四年	九三三年	五十二歲	孟知祥在蜀正式稱帝建國。
後唐後帝清泰二年	九三五年	五十四歲	契丹攻打後唐。

後晉高祖天福元年	九三六年	五十五歲	後唐發兵晉陽征討石敬瑭，石敬瑭向契丹王耶律德光求援，應允割讓燕雲十六州，自稱兒皇帝，建立後晉（九三六～九四六年），後唐亡。
後晉高祖天福二年	九三七年	五十六歲	徐知誥稱帝，建立南唐國，吳亡（九三七～九七五年）。 契丹改國號爲遼，建都燕京。
後晉高祖天福五年	九四〇年	五十九歲	吐谷渾不堪契丹貪虐，集體投晉。
後晉出帝開運二年	九四五年	六十四歲	南唐攻克建州，王延政出降，閩亡。
後晉出帝開運三年	九四六年	六十五歲	契丹大舉南下攻陷後晉汴京。 南唐將劉從效割據泉、漳二州（九四六～九七八年）。
後漢高祖天福十二年	九四七年	六十六歲	後晉亡，劉知遠稱帝，建立後漢（九四七～九五〇年）。

			契丹王耶律德光在開封稱帝，是爲遼世宗，國號大遼，建元天祿。
後漢隱帝乾祐二年	九四九年	六十八歲	吳越國募民墾田。
後漢隱帝乾祐三年	九五〇年	六十九歲	郭威廢後漢帝，後漢亡。 馮道完成自傳《長樂老自敘》。
後周太祖廣順元年	九五一年	七十歲	郭威稱帝，建立後周（九五一～九六〇年），定都大梁。 劉崇據晉陽稱帝，建北漢（九五一～九七九年）；受契丹冊封爲大漢神武皇帝，改名劉旻。 南唐攻破長沙，滅楚。
後周世宗顯德元年	九五四年	七十三歲	後周世宗敗北漢於高平。 馮道病逝，諡號文懿。

多少君臣將相，在太平與戰亂、興盛與衰亡中創造歷史，留下不朽的功業和萬世的罵名。他們毀譽參半，褒貶不一，是可敬可愛、也是可憎可厭的爭議人物。

三十功名塵與土
一將功成萬骨枯

多少君臣將相，或開創帝業，或權傾朝野，或擁兵率軍，或擘畫改革；在太平與戰亂、興盛與衰亡中創造歷史，忠奸成敗，功過是非，留下不朽的功業和萬世的罵名。他們毀譽參半，褒貶不一，在謳歌讚揚與羞辱唾棄中擺盪，是可敬可愛，也是可憎可厭的爭議人物。

本系列的每本書以兩大部分呈現，第一部分為人物傳記，第二部分為是非爭議之處，針對爭議的主題來論述；因而不僅僅是人物傳記，它也是一部心理分析叢書，巨細靡遺地分析十二位在歷史上備受爭議人物的愛恨情仇及人格上的優缺點，希冀以歷史事實的敘述，加以探討，從中得到啟發。也讓我們逆向思考、反觀過去所讀的歷史，重新定義、評斷這些歷史人物的所作所為。

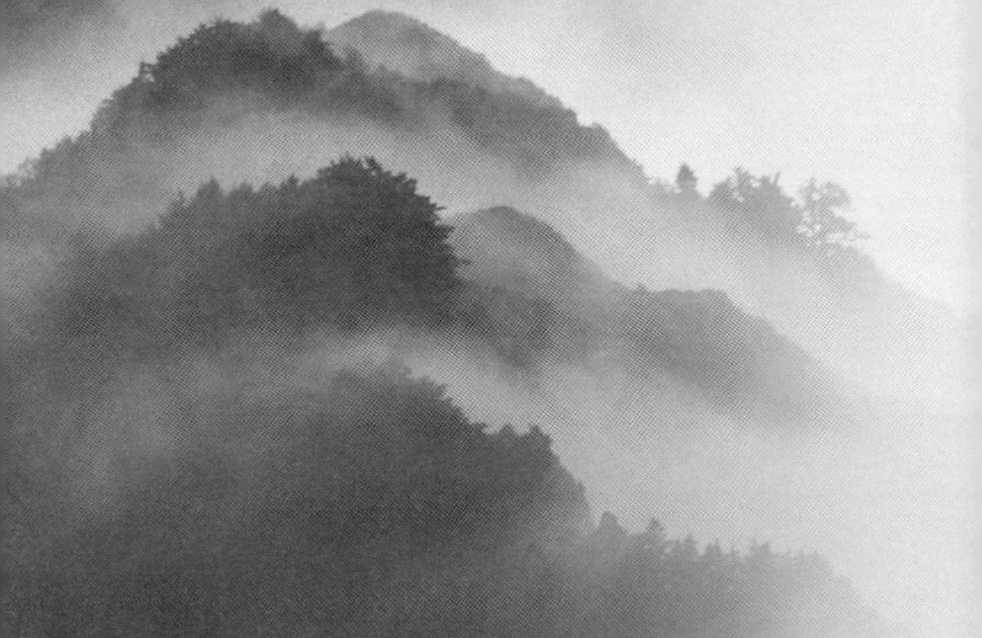

從前 6

四朝宰相：馮道

作　　者　林永欽
總 編 輯　初安民
叢書主編　鄭嫦娥
美術設計　莊士展
校　　對　呂佳真　林其煬

發 行 人　張書銘
出　　版　INK印刻文學生活雜誌出版有限公司
台北縣中和市中正路800號13樓之3
電話：02-22281626
傳真：02-22281598
e-mail：ink.book@msa.hinet.net
網　　址　舒讀網http：//www.sudu.cc

法律顧問　漢廷法律事務所
劉大正律師
總 代 理　展智文化事業股份有限公司
電話：02-22533362．22535856
傳真：02-22518350
郵政劃撥　19000691　成陽出版股份有限公司
印　　刷　海王印刷事業股份有限公司

出版日期　2009年 2月 初版
ISBN　978-986-6631-46-7

定價　240元

國家圖書館出版品預行編目資料

四朝宰相：馮道 / 林永欽著.
- - 初版.- - 台北縣中和市：INK印刻文學,
2009.02 面； 公分.--（從前；6）
ISBN 978-986-6631-46-7（平裝）
1.（五代）馮道 2.傳記
782.847　　98000719

INK INK INK INK INK INK
K INK INK INK INK INK IN
INK INK INK INK INK INK
K INK INK INK INK INK IN
INK INK INK INK INK INK
K INK INK INK INK INK IN
INK INK INK INK INK INK
K INK INK INK INK INK IN
INK INK INK INK INK INK
K INK INK INK INK INK IN
INK INK INK INK INK INK
K INK INK INK INK INK IN
INK INK INK INK INK INK
K INK INK INK INK INK IN
INK INK INK INK INK INK
K INK INK INK INK INK IN
INK INK INK INK INK INK
K INK INK INK INK INK IN
INK INK INK INK INK INK
K INK INK INK INK INK IN
INK INK INK INK INK INK
K INK INK INK INK INK IN
INK INK INK INK INK INK

INK

INK INK INK INK INK INK
NK INK INK INK INK INK I
INK INK INK INK INK INK
NK INK INK INK INK INK I
INK INK INK INK INK INK
NK INK INK INK INK INK I
INK INK INK INK INK INK
NK INK INK INK INK INK I
INK INK INK INK INK INK
NK INK INK INK INK INK I
INK INK INK INK INK INK
NK INK INK INK INK INK I
INK INK INK INK INK INK
NK INK INK INK INK INK I
INK INK INK INK INK INK
NK INK INK INK INK INK I
INK INK INK INK INK INK
NK INK INK INK INK INK I
INK INK INK INK INK INK
NK INK INK INK INK INK I
INK INK INK INK INK INK
NK INK INK INK INK INK I
INK INK INK INK INK INK